60th ANNIVERSARY

ELVIS in PARIS

1959-2019

Jean-Marie POUZENC

À Monique, Caroline, Frédéric, Carole, Nicolas, Maxime, Tom, Lisa, Robin et Damien et au gamin de Paris qui gardera pour toujours Elvis au cœur.

PREFACE

Line Renaud

Elvis à Paris !

Sa visite n'était pas du tout médiatisée, elle était d'abord très discrète, donc la surprise d'apprendre qu'Elvis était en spectateur au Casino de Paris en fut d'autant plus grande.

C'était je crois en 1960, Je menais la Revue "Plaisir", mon mari Loulou Gasté en avait composé toutes les musiques, en plus de mes quatre vingt Danseurs-Danseuses le Golden Gate Quartet faisait aussi partie du spectacle.

A l'Entracte une Ouvreuse dit à mon mari, qu'au balcon il y avait quatre Soldats Américains, et elle pensait, sans en être certaine que l'un d'entre eux, était "Elvis". - En effet il était bien là incognito. Mon mari était lui aussi un grand admirateur du Talent d'Elvis

A la Fin du Spectacle, accompagné de Ses amis militaires, il arrive dans ma loge - Je croyais rêver - Il m'embrasse, comme si l'on se connaissait de longue date "Hi Line"! Hello Elvis! -
Quelle Gentillesse, Quelle Simplicité, Quelle beauté, Quel humour! Quelle chaleur humaine! Quel Sourire! Quel beau regard! Quel Charisme! -
Soudainement il remarque la Guitare de Renton, il la caresse avec amour en apprenant que Django Reinhart avait aussi joué sur celle-ci
Le Golden Gate quartet à la demande d'Elvis vient se joindre à nous, et jusqu'à six heures du Matin, nous avons assisté au plus prestigieux concert "Elvis et les Golden" chantant tous les Gospels, et Négro Spirituals qui avaient bercé l'enfance d'Elvis - Mon grand regret, nous n'avions rien pour fixer à jamais ce moment exceptionnel, ni camera, ni magneto. Seulement trois témoins, mon coiffeur, mon habilleuse et le Concierge du Casino de Paris - En se quittant nous nous sommes promis de nous revoir. Il a tenu sa promesse, dès ma première Revue à Las-Vegas, le Soir de la Première. Il était là dans la Salle - Notre Amitié ne s'est jamais éteinte. Il est toujours dans mon coeur. Elvis for Ever
Line

5

AVANT-PROPOS

Quand Elvis arrive à Paris en juin 1959, sa popularité est déjà très grande en France, surtout auprès des jeunes. Dès 1956, RCA sort un 45 tours 4 titres sous pochette anonyme incluant la chanson phare *Heartbreak Hotel*, son premier hit. Le lancement est très discret, mais il a des effets plus insidieux et profonds auprès des jeunes : quelle allure a ce chanteur dont la voix étrange vient de bousculer leur existence ? Déjà, dans le monde entier, le rock-and-roll a conquis toute la jeunesse… à une époque où l'information ne circule pas aussi vite que de nos jours et où la radio, seul relais possible, ne s'intéresse pas du tout à cette musique jugée vulgaire, dépravée et sans intérêt.

FOREWORD

When Elvis arrived in Paris in June 1959 his popularity was already very high in France especially among young people. Indeed, all over the world rock and roll has conquered the youth. In 1956 RCA released in France a four-track 45 record under an anonymous cover which includes the signature song *Heartbreak Hotel*, his first hit. While the launch is very discreet, it has more insidious, deeper effects, and young people want to know how this singer looks when his strange voice has just disrupted their lives. In 1956 information did not circulate as quickly as it does nowadays and the radio was not interested in this music considered vulgar, depraved and of no interest.

Dans son numéro 390 du 29 septembre 1956, *Paris Match* donne enfin l'occasion de mettre un visage sur cette voix. Le titre de l'article est sulfureux : "Paris menacé par le rock-and-roll". Il s'étend sur six pages de photos prises lors des concerts des 3 et 4 août 1956 à l'Olympic Theater de Miami, en Floride. Le papier veut visiblement faire peur et ne ménage pas Elvis : "New York en transe lance Elvis Presley idole au visage bouffi [...] lorsqu'il hurle ses onomatopées son public se plie en deux, comme sous le choc d'un coup de poing à l'estomac. Il jongle avec sa guitare électrique, se balance avec son micro, qu'il ne lâche que pour se rouler par terre. Alors commence la fièvre : jeunes gens et jeunes filles se mettent à genoux et acclament le sorcier, avant de danser eux-mêmes". Pour bien enfoncer le clou, le texte se poursuit ainsi : "un nouvel ouragan a déferlé sur la jeunesse américaine. C'est le rock-and-roll qui déchaîne chez les Teenagers la fureur de vivre. Rien n'y résiste, ni les tables de dancing, ni les fauteuils de cinéma. L'Angleterre est déjà contaminée et la France est menacée".

Les photographies représentent un Elvis sauvage, au regard sombre, les joues ornées de rouflaquettes. Pas mal comme entrée en matière ! La découverte de cette voix bouleverse la jeunesse qui va alors commencer à fantasmer sur ses poses extravagantes, sa manière de tenir le micro, et l'énergie nouvelle qu'il dégage. Elle va se mettre à l'imiter et à se coiffer comme lui. La France vient de rencontrer Elvis.
Dans le même temps, le magazine *Ciné Revue* se demande s'il est "ennemi public n°1 ou demi-dieu".

It was the French magazine *Paris Match* of September 29, 1956 that finally gave the opportunity to put a face to this voice. The title of the article is sulphurous: "Paris threatened by Rock and Roll", with six pages of photos during the concerts of August 3 and 4, 1956 at the Olympic Theater in Miami, Florida. The paper obviously wants to frighten by not sparing Elvis, and it says that: "New York in a trance launches Elvis Presley idol with a puffy face [...] when he screams his onomatopoeias his audience bends in two, as if under the impact of a punch to the stomach. He juggles with his electric guitar, swings with his microphone, which he only lets go to roll on the floor. Then the fever begins: young men and women get down on their knees and cheer the wizard before dancing". To make the point, the text continues as follows: "a new hurricane hit the American youth. It is Rock and Roll that unleashes the Teenagers' rage to live. Nothing can resist it, neither dancing on tables nor movie seats. England is already infected and France is threatened".

The photographs depict a wild Elvis with a dark look, his cheeks adorned with sideburns. Not bad for an introduction! For these young people the discovery is huge. Not only does this voice move them but they will start to fantasize about his extravagant poses, his way of holding the microphone and this new energy. They will start imitating him, grooming their hair like him... France has just met Elvis. At the same time the magazine *Ciné Revue* wonders if he is "public enemy number one or demigod".

UN nouvel ouragan a déferlé sur la jeunesse américaine. C'est le Rock and Roll (ou mieux R n' R). Au son du jazz martelé par la batterie cette danse, auprès de laquelle le be-bop fait figure de menuet, déchaîne chez les Teenagers (moins de vingt ans) la fureur de vivre. Rien n'y résiste, ni les tables de dancing, ni les fauteuils de cinéma. L'Angleterre est déjà contaminée et la France est menacée

PARIS MENACÉ PAR LE ROCK AND ROLL

Dès lors, les articles qui suivront, à l'image du magazine *Cinémonde*, poseront la même question : "Êtes-vous pour ou contre Elvis Presley ?". La réponse ne tarde pas et, naturellement, elle est positive. La jeunesse a trouvé ici le moyen de se manifester et d'exulter : le rock-and-roll c'est sa musique et Elvis lui ressemble. Après le certificat d'études, presque tous les adolescents entrent dans la vie active, et les plus défavorisés laisseront éclater toute leur révolte. Ce sont des "rebelles sans cause" qui se retrouvent dans le film du même nom, *La fureur de vivre* avec James Dean, une autre de leurs idoles. Ils se retrouvent souvent en bande pour écouter leur musique, au café devant le juke-box en fin d'après-midi, à la patinoire le dimanche, lors de surprises-parties autour de Bill Haley, les Platters, Fats Domino ainsi que Little Richard. Mais Elvis reste leur préféré, c'est lui qu'ils ont choisi, lui qui les inspire et les fait rêver.

Très vite le succès se confirmera, et les premiers mois de 1957 verront la France combler une bonne partie de son retard. En quelques semaines, six super 45 tours arrivent sur le marché, puis deux 33 tours. On assiste aux premières adaptations de ses chansons dans notre langue, *Don't Be Cruel – Sois pas cruel –, Love Me Tender – L'amour qui m'enchaîne à toi –, Loving You – Sans amour –,* par des interprètes français de premier plan : Yvette Giraud, Georges Ulmer, François Deguelt. Des 45 tours entiers lui sont consacrés lorsque Serge Singer reprend l'intégralité des titres du film *Love Me tender*, ou *Christian Garros joue Elvis Presley.* Une reconnaissance sans appel !

From that moment on, the articles that follow such as in *Cinémonde* magazine, will ask the following question: "Are you for or against Elvis Presley?" The answer is not long in coming and of course it is positive. Young people have found a way to express themselves, to exult; rock and roll is their music and Elvis resembles them. Almost all teenagers enter the workforce after graduation and the most disadvantaged now feel they have their revolt against adults. These are rebels without a cause who find themselves in Nicholas Ray's movie of the same name, *Rebel without a cause,* with James Dean, another of their idols. They often find themselves in groups, listening to their music at the café in front of the jukebox in the late afternoon, at the ice rink on Sundays, or as soon as the opportunity is given to them during parties where they listen to Bill Haley, the Platters, Fats Domino and Little Richard… But Elvis is their favorite. It is him they have chosen, it is him who inspires them, it is him who makes them dream.

From then on the success was confirmed and the first part of 1957 saw France right on board. Six EPs came on the market, then two 33 LPs. We witness the first adaptations of his songs in French, *Don't Be Cruel (Sois pas cruel), Love Me Tender (L'amour qui m'enchaîne à toi), Loving You (Sans amour)…* by leading French performers: Yvette Giraud, Georges Ulmer, François Deguelt… Entire 45's were even devoted to him including Serge Singer who covered all the songs in the movie *Love Me Tender,* or *Christian Garros joue Elvis Presley.* Unquestionable recognition!

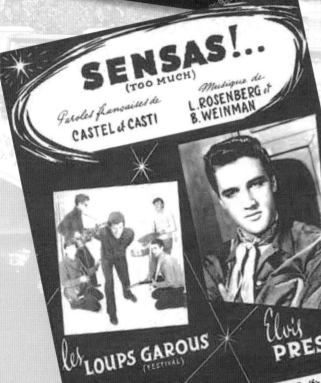

Freddie Bell & The Bellboys sera le premier groupe à se produire à Paris lors du 1er Festival International de Music-Hall de Paris du 13 juin au 9 juillet 1957 à l'Olympia, Il y interprète *Hound Dog*, version qui donnera l'idée à Elvis de mettre la chanson à son répertoire. Peu de temps après, en octobre, ce sera le tour des Platters. Le célèbre groupe fera un tel tabac qu'il se paiera le luxe de tenir la tête d'affiche du 28 août au 24 septembre 1958, ce qui reste un record pour des artistes étrangers.

Notre pays est finalement conquis, c'est le début d'une longue et belle histoire. Les jeunes en redemandent, les disques seront mis sur les marchés français et américains quasiment simultanément. Le 18 décembre 1957, la sortie du film *Loving You* (*Amour frénétique*) sur les écrans provoquera une onde de choc sur toute une génération. La magie du cinéma opère, on peut enfin voir Elvis bouger. Cette dimension nouvelle donnera l'envie à beaucoup d'autres de s'exprimer à leur tour par le biais de cette musique. Si les critiques se montrent généralement en désaccord avec le jeune public, certains l'accueillent avec sympathie, à l'instar de *Cinémonde* : "Le succès que connaît depuis 2 ans Elvis Presley, le promoteur du R'n'R, est tel que la présentation de son premier film en France suscitera à coup sûr un très vif mouvement de curiosité, la personnalité indéniablement troublante de ce jeune écorché vif qui a mis un bonnet rouge au jazz traditionnel, ne constitue d'ailleurs pas le seul attrait d'*Amour frénétique* […] plus que tout autre, ce film contribuera le plus à nous faire mieux pénétrer dans la légende du garçon en qui la jeunesse actuelle se plaît à reconnaître le successeur de Marlon Brando et James Dean".

During the 1st Paris International Music-Hall Festival which took place at the Olympia from June 13 to July 9, 1957, Freddie Bell & The Bellboys was the first group to perform. He sings *Hound Dog*, that gave Elvis the idea of adding the song to his repertoire. Shortly afterwards, in October, it will be the Platters' turn. The famous group was so successful that it even had the luxury of headlining from August 28 to September 24, 1958 which remains a record for foreign artists.

France is finally conquered — it is the beginning of a long and beautiful story. Young people are asking for more and the records will be released with little delay compared to the United States. Then came the shock for a whole generation with the release on December 18, 1957 of the movie *Loving You*, entitled *Amour frénétique* in France. The magic of cinema works because we can finally see him move — it is another dimension that will make many others want to express themselves in turn through this music. The critics, in general, remain in complete disagreement with the young audience. Some, such as *Cinémonde* welcome him with sympathy: "The success of Elvis Presley, the promoter of R'n'R over the past two years is such that the presentation of his first movie in France will undoubtedly arouse a very strong movement of curiosity, the undeniably disturbing personality of this tortured soul man who has outdated traditional jazz, is not the only attraction of Loving You […] more than anything else, this movie will contribute the most to make us better understand the legend of the boy in whom the current youth likes to recognize the successor of Marlon Brando and James Dean".

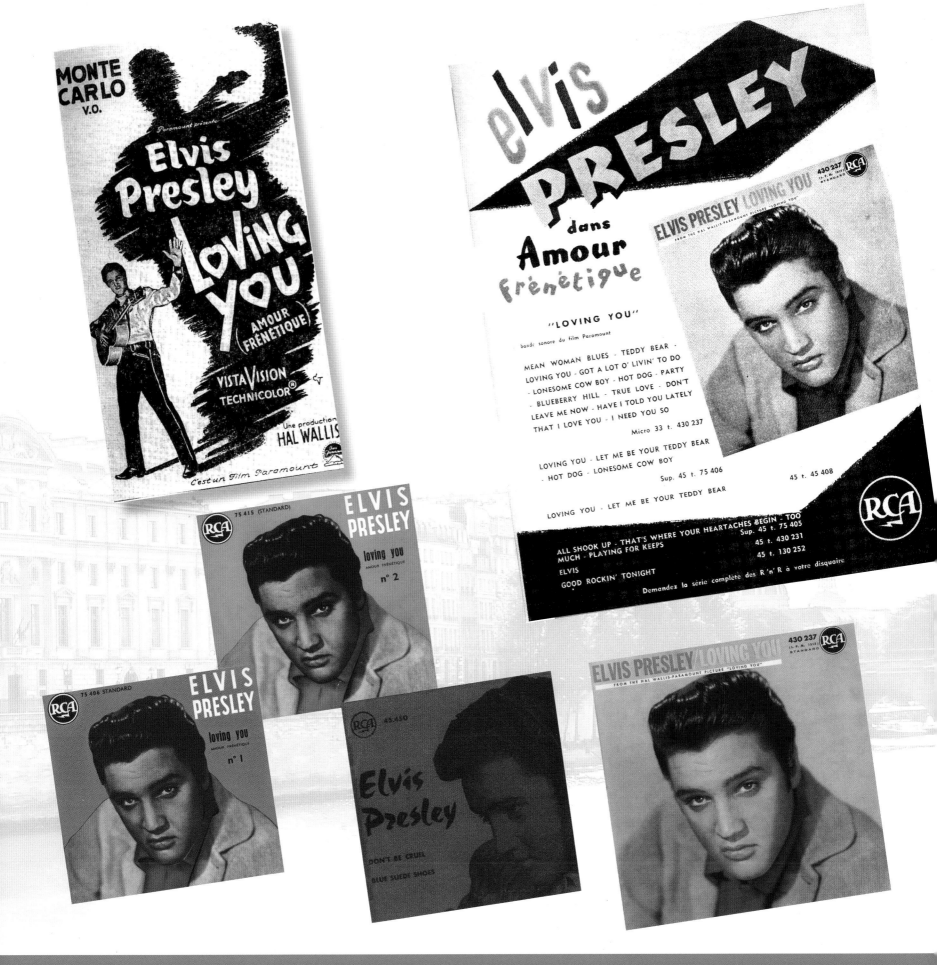

Un mois plus tard à Paris, le 24 janvier 1958, sort le film *Love Me Tender*. À nouveau la presse "intellectuelle" ne désarme pas et poursuit sur sa lancée. On peut ainsi lire dans *La Saison cinématographique* : "[…] mais l'élément moyen de ce film est Elvis Presley. Bien connu outre-Atlantique où ses hurlements font défaillir des gamines aussi bien nourries que mal élevées ; il "joue" ici un personnage sorti de l'esprit d'un scénariste qui doit écrire les paroles de ses chansons, avec le même talent que lui-même à "chanter"". Peu importe, à présent Elvis fait définitivement partie de nos vies. À tel point que l'on ne dit même plus Elvis Presley, mais Elvis. Ses moindres faits et gestes sont relatés dans la presse : "Elvis sème le délire" ; "Le secret du pouvoir d'Elvis Presley sur les femmes" ; "L'arme secrète d'Elvis Presley, champion du Rock'n roll" ; "Monstre sacré de la génération montante Elvis Presley, un feu de paille… qui dure !". À l'occasion de la sortie de l'album et des deux 45 tours extraits de la bande du film *Loving You*, RCA lui offre une pleine page de publicité dans la revue *Music-Hall*.

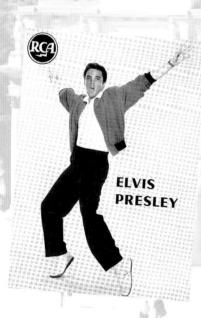

A month later, on January 24,1958 the movie *Love Me Tender* was released in Paris. Once again the so-called "intellectual" press did not disarm and continued on their momentum. This is how it is stated in *La Saison cinématographique*: ... *but the mediocre element of this movie is Elvis Presley. Well known in the United States where his screams make well-fed and ill-bred girls faint; here he "plays" a character out of the mind of a scriptwriter who must write the lyrics to his songs, with his same talent to "sing".*

Regardless, Elvis is definitely now part of our lives. So much so that we no longer even say Elvis Presley, but Elvis. His every move is reported in the press: "Elvis sows delirium"; "The secret of Elvis Presley's power over women"; "The secret weapon of Elvis Presley, Rock'n roll champion"; "Sacred monster of the rising generation, Elvis Presley, a straw fire... that lasts!" RCA offered him a full page ad in *Music-Hall* magazine for the release of the album and the two singles from the *Loving You* soundtrack.

En mars 1958, son départ pour l'armée fait la une des magazines. Dans son numéro 470 du 12 avril 1958, *Paris Match* publie : "Sur l'autel de la patrie le soldat Presley sacrifie les boucles brunes du R'n'R". Cependant, ses nouveaux disques *Jailhouse Rock, Don't, King Creole* et l'album *Elvis' Golden Records* qui regroupe tous ses premiers succès, ne font qu'amplifier le phénomène et la troupe de ses admirateurs ne cesse de s'agrandir. En octobre de la même année, on apprend qu'il vient poursuivre son service militaire en Allemagne. Titre de *Paris Match* dans son édition du 18 octobre : "Le soldat milliardaire dit adieu à l'Amérique en larmes". Le magazine *Cinémonde* nous apprend qu'Elvis désire se rendre à Paris pour rencontrer Brigitte Bardot. Le rock-and-roll continue ses ravages, la pression sur les fans s'accentue. Faute de pouvoir acclamer Elvis, ils font un triomphe à Bill Haley lors de son passage à l'Olympia de Paris où ses deux concerts des 14 et 15 octobre donnent lieu à des scènes d'émeutes. *France-Soir* dans son édition du 15 octobre : "Le rock & roll a encore fait des siennes hier soir à Paris. Le célèbre Bill Haley et ses Comets boys ont déclenché, une fois de plus, une révolution à l'Olympia où 500 à 600 jeunes gens, atteints soudain d'hystérie collective, ont démoli 150 fauteuils dès que les premières mesures du frénétique orchestre ont éclaté. Les jeunes énergumènes se sont ensuite battus avec les agents chargés d'évacuer la salle... Deux gardiens de la paix ont été légèrement blessés... Pourquoi toujours prétendre que la musique adoucit les mœurs ?".

Fin 1958, le catalogue français comprend quatorze super 45 tours, des simples et cinq albums (dont des rééditions). Soit, à trois titres près (*Trying To Get To You, I'll Never Let You Go* et *Is It So Strange*), la totalité des chansons éditées aux États-Unis. Les pochettes de disques sont souvent différentes des originales, la France préférant le super 45 tours au simple 2 titres. Les premiers mois de 1959 voient la sortie régulière de nouveaux disques, dont l'album *King Creole*. Entre 1956 et 1960, dix-neuf singles, vingt super 45 tours et huit albums sortiront chez nous. Ils feront tous, sur la même période, l'objet d'une quarantaine de rééditions ! Ces statistiques incontestables ont pour résultat de faire d'Elvis l'un des plus importants vendeurs de disques en France.

His departure for the army in March 1958 made the headlines. *Paris Match* in its issue 470, April 12, 1958 published: *On the altar of the homeland, soldier Presley sacrificed the brown curls of R'n'R.* However his new records *Jailhouse Rock, Don't, King Creole* and the album *Elvis' Golden Records*, which includes all his early hits only amplify the phenomenon and his herd of fans continues to grow. It was then that we learned in October 1958, that he went to pursue his military service in Germany. Title of *Paris Match* in its October 18 edition: *The billionaire soldier says goodbye to America in tears.* *Cinémonde* magazine tells us that Elvis wants to go to Paris especially to meet Brigitte Bardot. Rock and roll continued to wreak havoc, pressure on fans increased, and unable to cheer Elvis, they triumphed over Bill Haley during his visit to the Olympia in Paris where his two concerts on October 14 and 15 gave rise to riot scenes. *France Soir* in its October 15 edition: *Rock & roll acts up again last night in Paris. The famous* Bill Haley *and his* Comets *boys triggered, once again, a revolution at the* Olympia *where 500 to 600 young people, suddenly suffering from collective hysteria, demolished 150 seats as soon as the first bars of the frenetic orchestra burst. The young fanatics then fought with the officers in charge of evacuating the room. … Two policemen were slightly injured… Why always pretend that music softens morals?*

At the end of 1958 the French catalogue included no less than fourteen EPs and five albums (already including some re-releases), all in all only three titles short (*Trying To Get To You, I'll Never Let You Go and Is It So Strange*) of all the songs published in the United States. Record covers are often different from the originals, France preferring the EPs over the single format. Elvis had recorded a few songs in reserve before his departure for Europe and in the first months of 1959, new records were released regularly notably the *King Creole* album. In fact, between 1956 and 1960 no less than 19 singles, 20 EPs and 8 albums will be released in France all of which will be re-released some forty times over the same period! These indisputable statistics have resulted in Elvis becoming one of the largest record sellers in France.

GOOD ROCKIN' TONIGHT

RCA
130.252

Good rockin' tonight
I don't care if the sun don't shine
That's all right
Blue moon of Kentucky
Baby let's play house
I'm left, you're right, she's gone
Milkcow blues boogie
You're a heartbreaker

ELVIS
PRESLEY

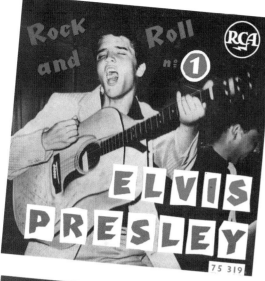

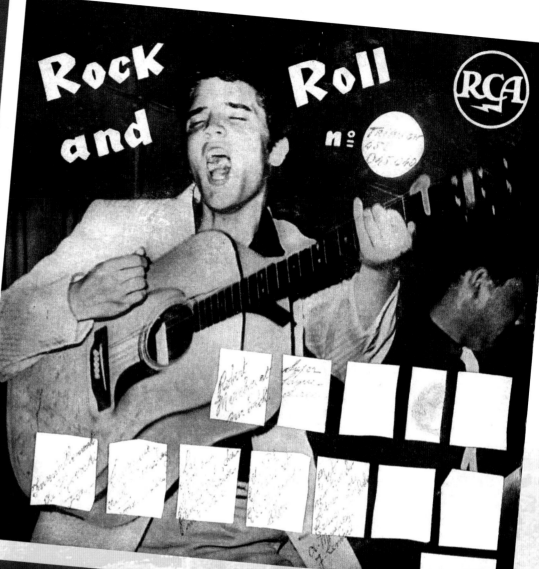

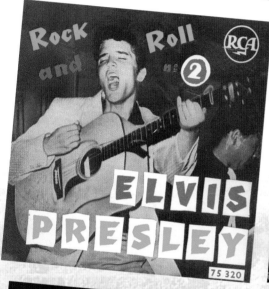

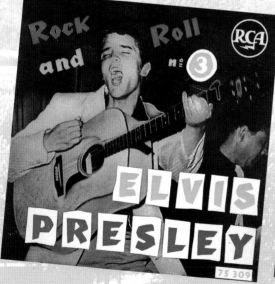

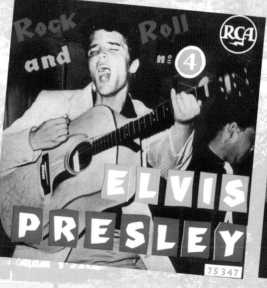

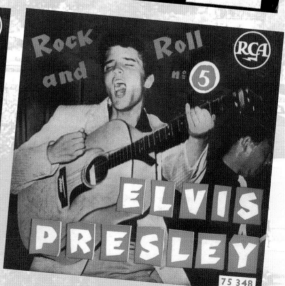

Les fans de rock-and-roll n'ont qu'un seul espoir entêtant, un rêve inaccessible dans l'immédiat : voir Elvis sur scène. Mais Brenda Lee fait un malheur dans notre pays avec ses premiers disques, *Rock The Bop*, *Dynamite*. Et lorsqu'elle passe en vedette américaine, du 19 février au 16 mars 1959, dans le spectacle de Gilbert Bécaud à l'Olympia, Paris l'adopte définitivement. Elle enregistrera même dans notre capitale.

S'il est une chose qui permet de mesurer la popularité d'Elvis chez nous, c'est bien la publicité. Dès la fin 1956, elle va s'intéresser à lui en reprenant des accroches très fortes, telle que : "Le Dieu du rock'n'roll". Il est donc bien désigné très nettement au-dessus de la mêlée et s'offre déjà de belles pages comme en témoignent celles sur ses premiers films, suivies de très nombreuses autres…

Si on ne peut pas réellement parler de merchandising en France à cette époque, apparaissent néanmoins très vite des cartes postales de différents formats le représentant. Certaines sont humoristiques, à l'exemple de celle où l'on voit une gamine écouter l'un de ses disques en soupirant : "Oh ciel ! Je me sens transportée !". Les fans les plus affûtés se rabattront également sur les publicités utilisées par RCA pour les vitrines des disquaires, les couvertures de disques et les affiches. Mais déjà, fait unique, apparaît en boutique, fin 1958, un mini-foulard reprenant la couverture du EP *Jailhouse Rock*, un vrai collector !

C'est dans ce contexte qu'Elvis se rend dans la Ville Lumière en juin 1959. Malheureusement, sa venue presque incognito ne pourra donner l'occasion à ses nombreux admirateurs de le rencontrer. L'information est communiquée tardivement par la presse et la radio. Bien qu'elle fasse l'objet d'une courte annonce télévisée (seuls 12% de la population détiennent un poste), très peu de personnes en prendront connaissance. Ce qui ne l'empêchera pas d'être vivement sollicité de la part du public à chacune de ses apparitions.

L'arrivée d'Elvis à Paris est un événement exceptionnel. En effet, s'il a dû se rendre en Allemagne pour effectuer ses obligations militaires, la capitale de la France est la seule située hors des États-Unis, dans laquelle il se soit rendu volontairement. Et plus étonnamment encore, à trois reprises ! Il confiera souvent par la suite à ses proches que ses visites resteront l'un de ses plus grands souvenirs.

Soixante ans se sont écoulés… Ce livre, par le biais d'instantanés parfois surprenants, souvent remarquables, est le témoignage unique des passages du King à Paris. Que tous les photographes professionnels ou amateurs qui nous ont permis de le réaliser en soient largement remerciés.

Now rock and roll fans have only one desire, a dream that is at the time unattainable, to see Elvis on stage. Brenda Lee who is a hit in France with her first records, *Rock The Bop, Dynamite…* , performs as a support act of the show Gilbert Bécaud gave at the Olympia from February 19 to March 16, 1959. Paris definitively adopts her and she will even record in Paris. There is another way to measure Elvis' popularity in France and that is in advertising. By the end of 1956, France became very interested in him again with strong slogans such as: *The God of rock'n' roll…* He is therefore well known as being very clearly above the rest.

So, if we can't really talk about merchandising in France at that time… very quickly postcards of several formats appear representing him, and even humorously, such as the one where you see a child listening to one of his records while sighing: Oh, my goodness! I feel transported! The most discerning fans will also fall back on the ads used by RCA for record store windows, record covers, posters… But already, a unique fact appears in stores at the end of 1958, a mini scarf featuring the cover of the Jailhouse Rock EP, a real collector's item!…

It is in this context that Elvis visited the City of Light in June 1959. Unfortunately, his almost incognito visit will not give his many fans the opportunity to meet him. As the information is communicated late by the press and radio, and although it is the subject of a short television announcement (only 12% of the population have a television set), very few people will be aware of it. This will not prevent him from being strongly solicited by the public at each of his appearances.

Elvis coming to Paris was an extraordinary event; he did indeed have to go to Germany to fulfil his military duties, but the capital of France is the only one outside of the United States that he went to voluntarily. And more surprisingly yet, he did so three times! He would later often tell his friends and family that these visits would remain one of his fondest memories.

Sixty years have passed… This book through snapshots, sometimes surprising, often remarkable, is the unique testimony of the King's passages in Paris. We would like to thank all the professional and amateur photographers who made it possible for us to complete it.

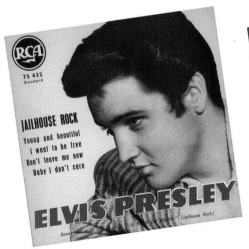 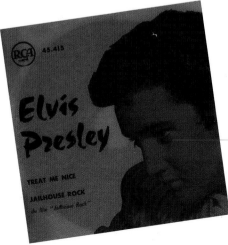 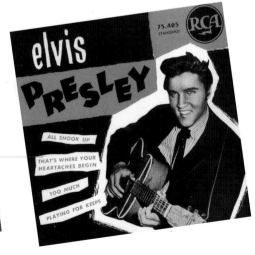

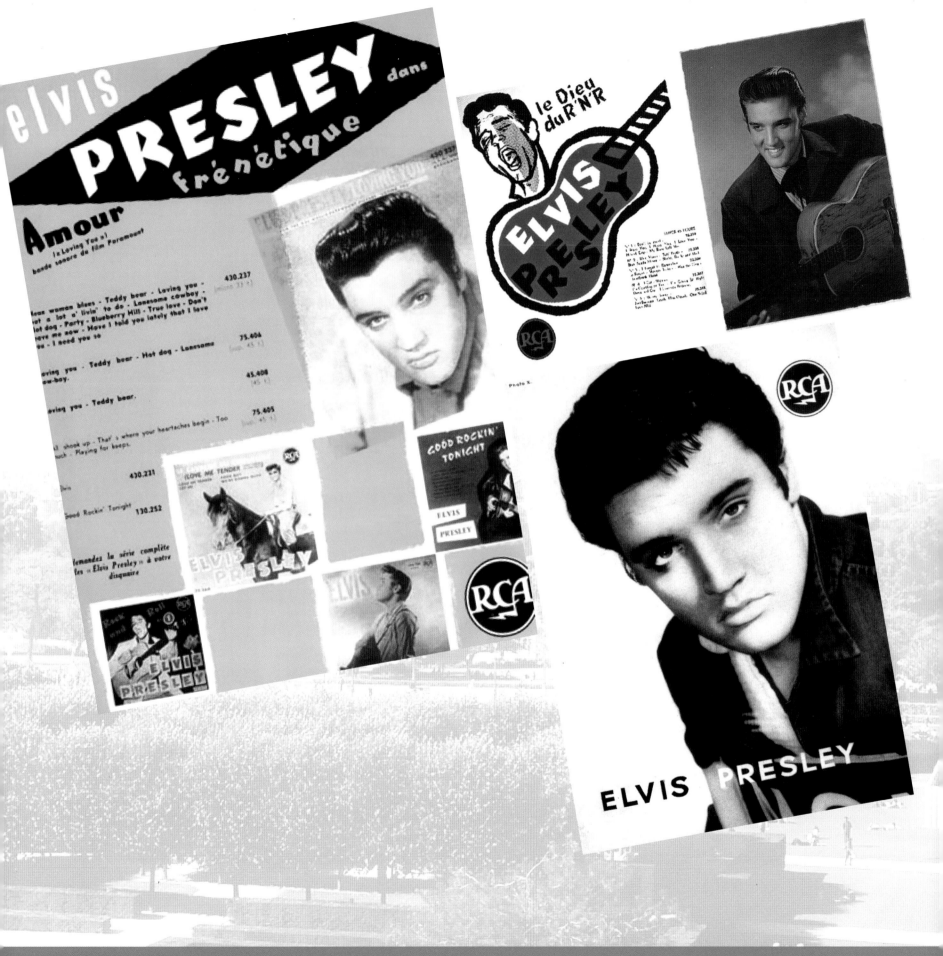

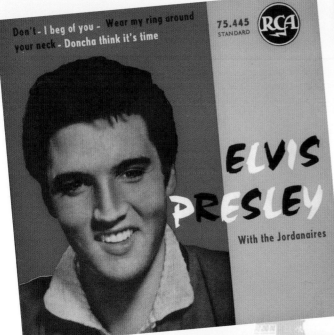

Don't - I beg of you - Wear my ring around your neck - Doncha think it's time

75.445 STANDARD RCA

ELVIS PRESLEY

With the Jordanaires

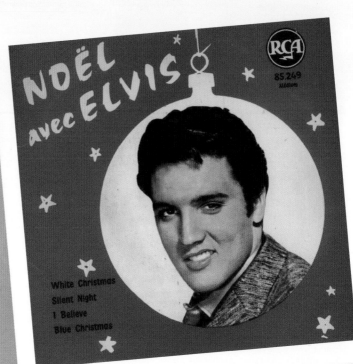

NOËL avec ELVIS

RCA 85.249 45t/33tn

White Christmas
Silent Night
I Believe
Blue Christmas

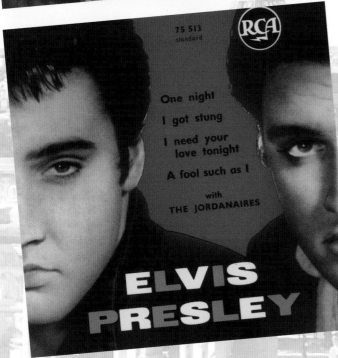

75 513 standard RCA

One night
I got stung
I need your love tonight
A fool such as I
with THE JORDANAIRES

ELVIS PRESLEY

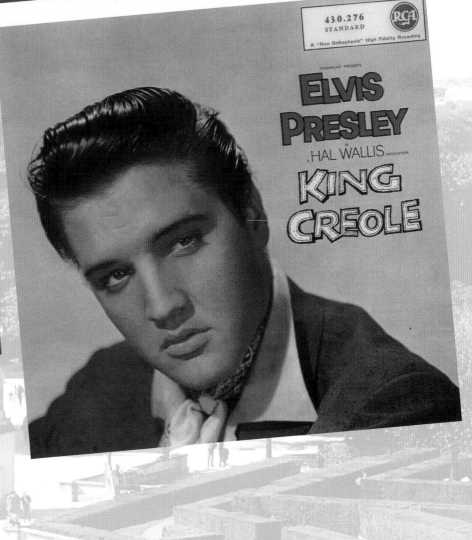

430.276 STANDARD
A "New Orthophonic" High Fidelity Recording

PARAMOUNT PRESENTS

ELVIS PRESLEY

A HAL WALLIS PRODUCTION

KING CREOLE

RCA

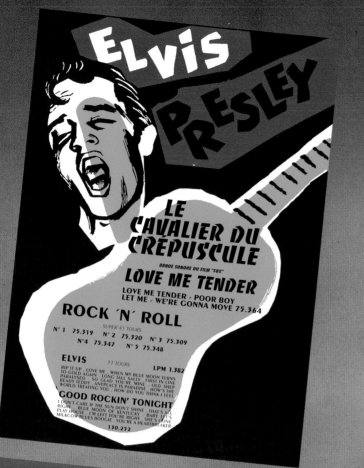

JUIN 1959

Mardi 16 juin 1959, Elvis arrive à Paris à la gare de l'Est, en provenance d'Allemagne. Le jour n'est pas encore levé, il est accompagné de Charlie Hodge et de Rex Mansfield qui effectuent tout comme lui leur service militaire, et de Lamar Fike qui fait partie de son entourage depuis quelques années à Memphis. Freddie Bienstock, manager aux Éditions Hill and Range Music, chargé de rechercher de nouvelles chansons pour Elvis, l'attend sur le quai de la gare, en compagnie de son cousin Jean Aberbach, co-directeur chez Hill and Range Music.

"C'est la première fois que tu viens à Paris ?" demande Freddie.

Elvis acquiesce. Freddie insiste alors pour les entraîner en balade sur les hauteurs de la ville, et leur faire découvrir la capitale française au petit matin.

"Elvis, il faut que tu commences par voir le soleil se lever sur la ville", conseille toujours Freddie.

Ils découvrent ainsi la cathédrale Notre-Dame et le Sacré-Cœur dans les premières lueurs de l'aube. Il ne fait pas très chaud, ils sont encore engourdis par la nuit passée dans le train, mais le spectacle est merveilleux ! Freddie se retourne alors vers Elvis et l'interroge :

"Déçu ?

— C'est magnifique", répond Elvis.

Puis faisant un clin d'œil à Charlie :

"Il n'y a jamais rien eu de tel à Tupelo"

JUNE 1959

On Tuesday 16 June 1959, Elvis arrived in Paris at the Gare de l'Est from Germany. He is accompanied by Charlie Hodge and Rex Mansfield who are doing their military service just like him and Lamar Fike who has been part of his entourage for a few years in Memphis. Freddie Bienstock, who is manager at Hill and Range Music Editions and also in charge of searching for new songs for Elvis, is waiting for him on the station platform along with his cousin Jean Aberbach, co-director at Hill and Range Music.

"This is the first time you've been to Paris?" asks Freddie.

Elvis nods. Freddie then insisted on taking them for a walk on the heights of the city and making them discover the capital of France in the early morning.

"Elvis, *you have to start by watching the sun rise over the city*," suggests Freddie.

They go to the Notre-Dame Cathedral, the Sacred Heart… in the first light of dawn. It is not very hot, they are still numb from the night spent on the train, but the show is wonderful! Freddie then turns to Elvis and questions him:

"Disappointed?"

"It's beautiful," says Elvis.

Then winked at Charlie:

"There's never been anything like it in Tupelo."

ELVIS PRESLEY EN PERMISSION A PARIS

Dans les coulisses du « Paris by night » ou sur la voie publique, Paris a prouvé qu'il partage tout à fait l'enthousiasme de toute l'Amérique.

ELVIS PRESLEY, en uniforme de l'armée de l'air américaine, a fait, hier après-midi, une apparition, qu'il eût voulue discrète, sur les Champs-Elysées. Le célèbre chanteur de « rock 'n roll » était venu en permission d'Allemagne et il entendait bien visiter Paris incognito.

Las ! aussitôt reconnu par la foule, il dut signer autographe sur autographe avant d'aller se réfugier dans un club américain des Champs-Elysées.

Respectueux des règlements militaires, Elvis Presley s'est refusé à toute déclaration.   (*Photo* « LE PARISIEN *libéré* ».)

Les deux cousins sont nés en Europe. En Suisse pour Freddie qui déménagera à l'âge de trois ans pour Vienne où est né et réside Jean, son aîné de treize années. Notre langue ne leur est pas étrangère, en particulier à Jean qui, avec son frère Julian, a séjourné plusieurs années à Paris où il travaillait pour un éditeur de musique. À la fin des années 30, il commence à travailler aux États-Unis en tant qu'agent de l'un des éditeurs les plus importants de musique française, Francis Salabert. C'est lui qui servira principalement d'interprète à Elvis pendant ce premier séjour dans notre capitale.

Les autorités militaires ont remis à Elvis, comme c'est de mise pour tout troufion désireux de venir dans notre pays, un "Pocket Guide to France", un petit carnet facile à glisser dans la poche. Il est au nom et au matricule de son détenteur et renferme des conseils pour les visiteurs. On y trouve par exemple la correspondance anglais/français de certaines expressions familières, comme "Défense de fumer" – no smoking –, "Entrée" – entrance –, "Sortie" – exit. Elvis y ajoute de sa main quelques mots supplémentaires en phonétique comme, "Bonjour" – Good Day –, "Au secours" – Help, et quelques autres annotations.

C'est à deux pas de l'Arc de Triomphe, au 33 avenue George-V, à l'hôtel Prince de Galles que Freddie a réservé une suite pour Elvis. Il s'agit de l'un des hôtels les plus cossus de la ville. Le palace a ouvert ses portes le 20 novembre 1928, en pleine période Art déco. C'est presque l'été sur Paris et les Champs-Élysées tout proches de l'hôtel incitent à la flânerie. Le ciel est d'un bleu limpide et les terrasses des cafés donnent envie de s'attarder un peu, le temps de voir passer les filles qui, cédant à la mode lancée par Brigitte Bardot, portent de ravissantes robes vichy. Elvis et ses amis, une fois installés, n'ont qu'une hâte : parcourir la plus belle avenue du monde, d'autant qu'on leur avait assuré qu'Elvis pourrait se promener tranquillement sans se faire importuner.

Both cousins were born in Europe. Freddie in Switzerland who will move at the age of three to Vienna where Jean, his older brother by thirteen years was born and resides. French is no stranger to them especially to Jean who with his brother Julian spent several years in Paris where he worked for a music publisher. At the end of the 1930s he began working in the United States as an agent for one of the most established French music publishers, Francis Salabert. He will be the one for the most part serving as an interpreter for Elvis during this first stay in our capital.

The military authorities have given Elvis, as is customary for any soldier wishing to come to our country, a "Pocket Guide to France", a small notebook that is easy to slip into one's pocket. It is in the name and registration number of its holder and contains advice for visitors. For example, there is the English/French correspondence of certain familiar expressions such as *Défense de fumer* (no smoking), *Entrée* (entrance), *Sortie* (exit)… Elvis adds a few additional phonetic words such as *Bonjour* (Good Day), *Au secours* (Help) … and a few other annotations.

It is at walking distance from the Arc de Triomphe, at the Prince de Galles Hotel, 33 Avenue George V, that Freddie has booked a suite for Elvis. It is one of the most luxurious hotels in the city. The palace opened its doors on November 20, 1928, in the middle of the Art Deco period. It is almost summer in Paris and the Champs-Élysées, so close to the hotel, invite you to stroll and discover. There is a clear blue sky and the street cafés make you want to linger a little longer, just long enough to see the girls passing by who, giving into the fashion trend initiated by Brigitte Bardot, are wearing lovely Vichy check dresses. Elvis and his friends, once settled in, are looking forward to one thing only: walking down the most beautiful avenue of the world, especially when they had been assured that Elvis would be able to walk around undisturbed.

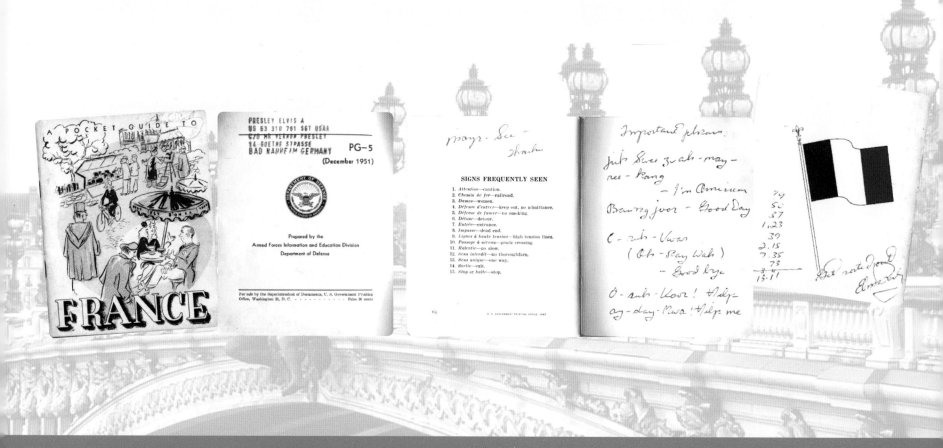

SUR LES CHAMPS-ÉLYSÉES

ON THE CHAMPS-ÉLYSÉES

Si ses copains ont adopté les vêtements de ville, Elvis arbore avec fierté et élégance sa tenue d'été. Il a été promu au rang de caporal le 1er juin. Mais à peine a-t-il franchi la porte de l'hôtel qu'un photographe saisit déjà ses premières minutes de badaud. Elvis pose complaisamment devant la vitrine de chez Barclay, boutique de vêtements chics qui jouxte l'hôtel. Astucieusement, son propriétaire utilisera plus tard un des clichés pour sa publicité : "Lorsqu'il était encore sous l'uniforme, Elvis Presley prévoyait déjà sa panoplie de cravates chez Barclay, 35, Avenue George-V, Paris".

While his friends have adopted street clothes, Elvis wears his summer military uniform with pride and elegance. He was promoted to corporal on June 1st. But as soon as he steps out of the hotel, a photographer snatches his first onlooker moments. Elvis poses complacently in front of the window of Barclay's, a boutique of chic clothes next to the hotel. Cleverly his owner would later use one of the pictures for his advertising: "When he was still in uniform, Elvis Presley was already planning his set of ties at Barclay's, 35, Avenue George-V, Paris".

L'AURORE

Directeur : Robert LAZURICK

MERCREDI 17 JUIN 1959

N° 4.593. OPE. 65-00

PRIX : 25 francs

Le sergent Presley (le "roi du rock") en permission de détente à Paris

Lorsqu'il était encore sous l'uniforme, ELVIS PRESLEY prévoyait déjà sa panoplie de cravates chez BARCLAY, 35, Avenue George-V, Paris

Les six hommes empruntent la rue Quentin-Bauchart qui traverse l'avenue George-V et mène aux Champs-Élysées. Au passage, Elvis s'arrête quelques instants devant l'entrée du cinéma Le Biarritz où l'on joue le film italien *L'enfer dans la ville*, de Renato Castellani avec Anna Magnani et Giulietta Masina. Le voici qui arrive sur les Champs, les descend, se tient à hauteur de L'Elysées-Cinéma où est projeté le film *Rio Bravo* de Howard Hawks avec John Wayne, Dean Martin et Ricky Nelson. Il place un instant sa main sur le guidon d'un VéloSoleX, l'un des moyens de locomotion préférés des Français. Maintenant la foule commence à s'agglutiner autour du petit groupe. Aimablement, comme toujours quand on le lui demande, Elvis pose pour une photo ou signe un autographe. Les amis décident alors de traverser l'avenue et se retrouvent devant le cinéma L'Ermitage, au n° 72, où passe le film *Al Capone*, de Richard Wilson avec Rod Steiger. Là encore se crée un nouvel attroupement. L'équipe passe à nouveau du côté impair de l'avenue et fait une halte devant le célèbre Dancing Mimi Pinson. Fait rare pour l'époque, des touristes le filment en couleur et en gros plan.

The six men took Quentin-Bauchart Street, which crosses George-V Avenue and leads to the Champs-Élysées. On the way, Elvis stops for a few moments in front of the entrance of the Biarritz cinema where the Italian movie '*...and the Wild Wild Women*', by Renato Castellani with Anna Magnani and Giulietta Masina, is played. Then, there he is arriving on the Champs-Élysées, he walks down them, stands at the Elysées-Cinéma where Howard Hawks' *Rio Bravo* is shown with John Wayne, Dean Martin and Ricky Nelson. For a moment, he places his hand on the handlebars of a VéloSoleX, one of the French people's favorite means of transportation. Now the crowd is starting to huddle around the small group. Amicably, as always when asked, Elvis poses for a photo or signs an autograph. The friends then decide to cross the avenue and find themselves this time in front of the Ermitage cinema, at number 72, next to the Claridge palace, where the movie *Al Capone*, by Richard Wilson with Rod Steiger, was shown. There again, a new crowd forms. The team returns to the odd side of the avenue, to make a stop, this time in front of the famous Mimi-Pinson dance hall. A rare event at the time, tourists filmed it in colour and close-up.

ELVIS PRESLEY: permission à Paris

ELVIS PRESLEY, le roi américain du rock n'roll, est arrivé hier matin à Paris. Effectuant son service militaire en Allemagne, Presley a profité d'une permission de quatre jours pour venir visiter notre capitale. Il a trouvé celle-ci merveilleuse et les Parisiennes étourdissantes. Après avoir fait le tour des monuments et contemplé les vitrines, il a regagné, à 19 h. 30, sa chambre de l'hôtel « Prince de Galles » Elvis Presley pense venir présenter un tour de chant en France.

Puis, Elvis s'installe quelques instants à une table du café Le Paris. Un cireur noir vient lui faire briller ses bottines, ils plaisantent gentiment. Il envoie un salut tout sourire dehors à quelqu'un qui l'interpelle. Visiblement il est à l'aise, l'air de Paris lui réussit à merveille. C'est un bel après-midi de fin de printemps, sous une température idéale de 22°. En un rien de temps, le trottoir est envahi de monde et le Roi se plie une fois de plus à la demande des Parisiens. Qui un cliché, qui une signature… Jan Fridlund, photographe suédois de passage dans la capitale, s'en donne à cœur joie et vide deux chargeurs. À nouveau Elvis doit adopter une position de repli. Qui a dit que le militaire le plus célèbre du monde pouvait se balader tranquillement dans Paris ? Selon Charlie Hodge, il leur arrivera même de devoir se réfugier dans un cinéma, le traverser et en ressortir par la porte arrière afin d'échapper à la foule.

Then, Elvis settles down for a few moments at a table at the café Le Paris. A black shoeshine boy comes to make his boots shine, they joke lightly. He sends a smiling greeting outside to someone who calls out to him. Obviously he is comfortable, the air of Paris is working wonders for him. It is a beautiful late spring afternoon, with an ideal temperature of 22°C. In no time at all, the sidewalk is overcrowded and the King once again bows to the Parisians' requests. A snapshot here, an autograph there… Jan Fridlund, a Swedish photographer visiting the capital, has a field day and empties two rolls of film. Again, Elvis must adopt a fallback position. Who said that the world's most famous soldier could walk around Paris in peace? According to Charlie Hodge, to avoid the crowd, they will even once have to take refuge in a movie theater, cross it and exit through the back door.

Quelques instants plus tard, il s'installe le temps d'une photo à la terrasse du plus illustre café-restaurant, Le Fouquet's, qui fête tout juste ses 60 ans d'existence, et où se retrouve tout le gratin parisien. Quelque deux cents mètres séparent les Champs-Élysées du *Prince de Galles* et des fans viennent encore à sa rencontre avant que la troupe regagne définitivement l'hôtel. Elvis veut se préparer pour sa première nuit parisienne, il a décidé de mener la grande vie.

"Vous pouvez vous habiller cool, dit-il à ses compagnons de virée. Je reste dans mon uniforme réglementaire pour ce soir"

Tous l'approuvent, sachant que sa tenue lui sied plutôt bien… Conscient cependant que ses camarades n'ont pas les mêmes moyens que lui, il remet à chacun un billet de cent dollars.

"Vous n'avez qu'à utiliser ça pour les pourboires uniquement, je paierai la note. Et donnez-leur de gros pourboires. Il faut qu'on ait l'air de gars bien"

Il en sera ainsi tous les jours.

La presse se fait immédiatement l'écho de l'événement, se précipite parfois jusqu'à déformer son nom, qui dans un même entrefilet devient "Prisley", puis "Priesley". Les titres les plus fréquents soulignent tout simplement : "Elvis Presley en permission à Paris". Cependant, les coquilles ne manquent pas. Ainsi le journal *L'Aurore* du 17 juin, lui octroie déjà le grade de sergent, alors que *Le Parisien* note qu' "Il entendait bien visiter Paris incognito. Las ! aussitôt reconnu par la foule, il dut signer autographe sur autographe avant d'aller se réfugier dans un club américain des Champs-Élysées". Un autre annonce : "Elvis Presley pense venir présenter un tour de chant en France". Enfin, un constat sans appel : "Paris a prouvé qu'il partage tout à fait l'enthousiasme de toute l'Amérique".

A few moments later, he settles down for a photo on the terrace of the most famous café-restaurant, Le Fouquet's, which is just celebrating its 60th anniversary, and where all the Parisian elites meet. Some 200 meters separate the Champs-Élysées from the *Prince de Galles* and fans continue to come to meet him before the gang finally returns to the hotel. Elvis wants to prepare for his first Parisian night out, he has decided to live the high life.

"You can dress cool, as you wish, he says to his fellow travellers. I'm staying in my standard issue uniform for tonight."

Everyone agrees with him, knowing that his outfit suits him rather well… However, aware that his companions do not have the same means as him, he gives everyone a hundred dollar bill.

"All you have to do is use this for tips, I'll pay the bill. And give them big tips. We have to look like good guys."

This will be the case every day.

The press immediately reported the event, sometimes rushing to the point of distorting his name, which in the same strip became "Prisley", then "Priesley". The most frequent titles simply highlight: Elvis Presley on leave in Paris. However, there was no shortage of misprints, as the newspaper *L'Aurore* of June 17 already awarded him the rank of sergeant, while *Le Parisien* noted that: "He intended to visit Paris incognito. Not quite! Right away recognized by the crowd, he had to sign autograph upon autograph before taking refuge in an American club on the Champs-Élysées". Another announces: "Elvis Presley is planning to come and present a singing tour in France… Finally, an irrevocable statement concerning him: Paris has proved that it fully shares the enthusiasm of all of America…"

Le sergent Elvis Prisley en permission

ELVIS PRIESLEY, le prince du rock-and-roll, vedette de la chanson et du cinéma américains, est arrivé à Paris aujourd'hui venant de Berlin, Sergent dans les troupes U. S. d'occupation en Allemagne. Elvis Priesley vient passer une semaine de permission dans la capitale.

Le chanteur le plus payé du monde — on a évalué à 2 milliards de francs ses gains d'une année, il ne chante pas à moins de 10 millions — s'efforce de conserver l'incognito et espère vivre comme un touriste américain en France.

[Priesley est né en 1935 dans le Mississipi, a tourné de nombreux films dont « Loving you ». Il s'est rendu célèbre par les manifestations que provoquent dans le monde entier ses apparitions en public et la première de ses films. Idole de la jeunesse américaine, l'enthousiasme de ses « fans » ne peut être contenu que par la police.]

LA CONFÉRENCE DE PRESSE

Le lendemain après-midi à 16h30, Freddie Bienstock organise une conférence dans les salons de l'hôtel. Elvis n'était pas très chaud, mais Freddie avait insisté prétextant la demande de la presse. Elvis ne craignait pas l'affrontement avec les journalistes.

"Il faut juste faire attention quand on fait face à ces gens. Ils veulent une histoire. C'est comme ça qu'ils gagnent leur argent pour payer le loyer et les courses. C'est pour ça que je ne me mets jamais vraiment en colère contre ce qu'ils peuvent dire sur moi. Ils doivent fouiller pour gagner leur vie", dit-il à Charlie et à Rex.

THE PRESS CONFERENCE

The next afternoon at 4:30 pm, Freddie Bienstock organized a conference in the hotel's lounge. Elvis wasn't very keen, but Freddie had insisted giving the press' request as pretext. Elvis was not afraid of confrontation with journalists:

"You just have to be careful when dealing with these people. They want a story. That's how they earn their money to pay the rent and the groceries. That's why I never really get angry at what they say about me. They have to snoop for a living," he told Charlie and Rex.

Ce dernier est très impressionné. Originaire d'une toute petite ville du Tennessee, Dresden, il est visiblement dépassé par l'événement. Il a vu Elvis lors d'autres conférences à Memphis ou à Fort Hood, mais là c'était différent : "Il a fallu que je me pince pour m'assurer que je n'étais pas en train de rêver. Cet événement était ce à quoi vous vous attendriez si le Président des États-Unis débarquait. Il y avait des journalistes et des photographes partout. Elvis hors de scène était tellement comme nous. Dans la lumière des projecteurs, il semblait devenir une autre personne"

The latter, on the other hand, is very impressed. Coming from a very small town in Tennessee, Dresden, he is visibly overwhelmed by the event. He saw Elvis at other conferences in Memphis or Fort Hood, but this was different: "I had to pinch myself to make sure I wasn't dreaming. This event was what you would expect if the President of the United States were to arrive. There were journalists and photographers everywhere. Elvis off the stage was so much like us. In the spotlight, he seemed to become another person."

En effet, Elvis a tout juste 24 ans et il est étonnant de constater à quel point ce garçon si simple, qui se comporte à l'armée comme n'importe quel troufion, parvient à faire face à la presse parisienne. La télévision est présente également, ainsi que quelques journalistes étrangers, notamment ceux de l'AFN (radio des forces US), dont le micro est présent sur la table. Les flashes crépitent de toutes parts. Charlie Hodge se tient debout à sa gauche, alors que Lamar Fike est assis près de lui sur sa droite. Si Elvis est tout d'abord sur ses gardes, il se détend rapidement et le contact est excellent. Il semble même parfois s'amuser et répond sans embarras à toutes les questions :

"Oui, j'aime la vie militaire… c'est plus sain et moins tuant que les récitals…"

"Oui, les Allemands connaissent et aiment mes disques, mais ils respectent mon anonymat dans l'armée"

"Ah ! Paris, quelle ville : tous ces cafés sur le trottoir et les femmes qui n'ont pas l'air pressées…"

"Brigitte Bardot ? C'est la huitième merveille du monde !"

"Ce que je veux faire à Paris ? Me perdre dans la foule et m'amuser comme un gosse…"

Indeed, Elvis is barely 24 years old, and it is surprising to witness how well such a simple boy who behaves in the army like any other private can face the Parisian press. Television is also present, as well as some foreign journalists, in particular those of the American Forces Network (AFN) whose microphone is present on the table. The flashes are crackling from all sides. Charlie Hodge stands to his left, while Lamar Fike sits next to him on his right. If Elvis, at first, is a little on his guard, the atmosphere quickly eases up, the contact is excellent and sometimes he even seems to be having fun and answers all the questions without embarrassment:

"Yes, I like military life… it's healthier and less deadly than recitals…"

"Yes, the Germans know and love my records, but they respect my anonymity in the army…"

"Ah! Paris, what a city: all those cafés on the sidewalk and women who don't seem in a hurry…"

"Brigitte Bardot? It's the eighth wonder of the world!…"

"What I want to do in Paris? Lose myself in the crowd and have fun like a kid…"

Micheline Sandrel l'interviewe pour la télévision et le juge comme un gentleman : tout le monde est conquis. Il faut dire qu'Elvis irradie. Il avoue également ne pas avoir peur pour la suite de sa carrière qu'il aimerait orienter vers le cinéma. Il avoue être heureux d'avoir fait venir sa famille près de lui en Allemagne… Il semble détendu et son comportement paraît surprendre ses interlocuteurs à l'image de Paul Giannoli, qui relate l'événement pour le journal *Paris-Presse-L'Intransigeant* : "[…] costume noir de coupe stricte, chemise blanche à col glacé, cravate gris perle. Cette rigueur dans le vêtement fut la première surprise de cette rencontre avec Elvis Presley. Sur la foi des documents photographiques qui nous sont parvenus, il était permis de s'attendre à plus d'audace et de négligé. Au lieu de se laisser tomber sur un fauteuil et de s'y étaler comme un rouleau de pâte de guimauve, il s'assit derrière une petite table couverte du tapis vert que les conférences ont rendu classique. On avait peine à imaginer qu'il n'y a pas tellement longtemps ce jeune homme déréglait les systèmes nerveux, sympathique, lymphatique, digestif et autres des adolescents américains".

Micheline Sandrel interviews him for television and judges him as a gentleman: everyone is won over. It must be said that Elvis is radiating. He also admits that he is not afraid for the rest of his career, that he would like to see moving towards cinema; that he is happy to have brought his family close to him in Germany… He seems relaxed and his behavior seems to surprise his interlocutors, like Paul Giannoli, who recounts the event for the newspaper *Paris-Presse-L'Intransigeant*: "[…] strict black suit, white shirt with iced collar, pearl grey tie. This rigor in the clothing was the first surprise of this meeting with Elvis Presley. On the basis of the photographic documents that we had received, it was reasonable to expect more boldness and neglect. Instead of falling on a chair and spreading out like a roll of marshmallow paste, he sat behind a small table covered with the green carpet that the conferences have made classic. It was hard to imagine that not so long ago this young man was disturbing the nervous, sympathetic, lymphatic, digestive and other systems of American teenagers".

Tous les principaux journaux de la capitale couvrent ainsi la conférence. François Formont note : "Elvis répond patiemment à toutes les questions, à condition qu'elles lui soient posées en anglais, seule langue qu'il connaisse – pour le moment". Il ajoute qu'il est avide de découvrir les monuments de Paris, mais aussi les spectacles des boîtes de nuit… Et de conclure : "Elvis se conduit, en fait, comme n'importe quel touriste américain qui veut découvrir Paris". Seule fausse note rapportée peu après par une feuille de chou qui titre : "Sensation parmi les jeunes filles américaines, Elvis Presley : " J'épouserai une Française "». Suit un article anonyme inventé de toutes pièces et bien naturellement démenti par la réalité.

All the main newspapers in the capital cover the conference. François Formont notes: "Elvis patiently answers all questions, provided they are asked in English, the only language he knows — at the moment". He adds that he is eager to discover the monuments of Paris, but also the nightclub shows… and to conclude: "Elvis behaves, in fact, like any American tourist who wants to discover Paris". The only false note reported shortly after by a local rag that titles: "Sensation among American girls, Elvis Presley: "I will marry a French woman." This is followed by an anonymous article invented from scratch and naturally denied by reality.

SOURIANT FACE AUX REPORTERS FRANÇAIS

Sensation parmi les jeunes filles américaines

ELVIS PRESLEY :
"J'épouserai une Française"

LES Américaines l'attendaient avec impatience. Mais tout de suite, Elvis Presley a douché leur enthousiasme. Dès qu'il est rentré d'Europe où il a fait ses deux ans de service militaire, il a dit :

— Croyez-moi, si je dois me marier, j'épouserai une Européenne. Si possible, une Française ! Car nos filles ne valent pas celles de là-bas.

TOUT SUR L'AMOUR

Humblement, il a avoué :

— Avant de prendre le bateau pour l'Europe, j'étais un collégien en culottes courtes. Aujourd'hui, grâce aux Européennes, je sais tout sur l'amour et sur les femmes.

— Le commandant militaire américain devrait conseiller aux G'is célibataires de prendre leurs permissions en France, a-t-il ajouté. En trois jours, beaucoup de nos jeunes gens découvriraient ce que 20 ans de vie américaine ne leur apprendront jamais.

— Là-bas, raconte Elvis Presley, aucune femme ne m'a demandé de chanter. Ce n'est pas

« Avant de connaître les Françaises, j'étais un petit garçon en pantalon.

Presley qui leur plaisait, mais l'homme que je suis, sans guitare et sans Cadillac. D'ailleurs, à Paris, on peut très bien sortir avec une jolie fille sans avoir de voiture.

— Ce qu'il y a d'insupportable en Amérique, c'est que les filles essaient de vous psychanaliser dès la seconde rencontre. Elles veulent tout savoir : la date de naissance de ma grand-mère, mes maladies infantiles et la marque de ma brosse à dents. Elles veulent même m'obliger à suivre un régime avec des vitamines et à

porter les cravates qu'elles aiment. Les Françaises, elles, ne s'encombrent pas de tout cela. Elles ignorent ce que Freud a bien pu écrire il y a 50 ans. Quand elles vous sautent au cou, c'est parce qu'elles en ont envie, et, quand elles vous embrassent, elles ne regardent pas l'heure à leur montre-bracelet dans votre dos.

RENIE PAR LES SIENS

Ce discours a provoqué de grands remous chez les « fans » du roi du rock n'roll.

— Qu'il retourne là-bas ! crient les bobby-soxers, qui ont décidé de boycotter ses films et ses disques.

Le capitaine de l'U. S. Air Force Joseph Beaulieu, quant à lui, a décidé que sa fille ne reverrait jamais plus le bel Elvis. Priscilla Beaulieu sortait souvent avec le chanteur en Allemagne. Cette brunette aux yeux bleus lui plaisait beaucoup. Parce qu'elle est d'origine française, comme son nom l'indique.

— Ma fille est Américaine, a déclaré le capitaine, et elle a trouvé les propos d'Elvis tout à fait déplacés. Elle brûlera toutes les lettres qu'il lui envoie.

TAPIS vert, micros, flashes. A Paris, dans un grand hôtel proche des Champs-Elysées, Elvis Presley, le roi du rock 'n roll, l'idole de la jeunesse de l'Ancien et du Nouveau Monde, tient une conférence de presse devant cinquante journalistes.

En civil, les cheveux coupés nets, la voix égale, Elvis répond patiemment à toutes les questions, à condition qu'elles lui soient posées en anglais, seule langue qu'il connaisse — pour le moment.

Oui, il a 22 ans. Oui, il est célibataire. Oui, il continue à toucher ses « royalties » sur la vente de ses disques. Oui, il quitte l'armée en 1960. Non, il ne changera pas son style…

Durant trois heures, il parle ainsi, plein de bonne volonté. C'est sa dernière corvée.

Tout à l'heure, quand la conférence sera terminée, il sera libre. Bien protégé par son manager et ses deux secrétaires, il ne sera plus que le « corporal Presley » — le caporal Presley de l'armée U.S. en permission de détente à Paris pour une semaine exactement.

Une semaine… Depuis le jour, funeste pour ses « fans », de

par
François FORMONT

1957 où il prit son barda pour faire son service militaire, comme tout le monde, il n'a jamais eu autant de vacances. Aussi veut-il en profiter. Il veut aller dans les restaurants, quoiqu'il n'aime pas la cuisine française, il veut monter sur les monuments, il veut voir les spectacles des boîtes de nuit. Le caporal Elvis se conduit, en fait, comme n'importe quel touriste américain qui veut découvrir Paris.

Mais seul. Au rendez-vous de Paris, il n'y avait personne d'autre que ses collaborateurs autour de lui. Pourtant, le chanteur le mieux payé du monde — il touche annuellement, en « royalties » plus que le salaire d'une vedette d'Hollywood pour trois films — a une vie sentimentale.

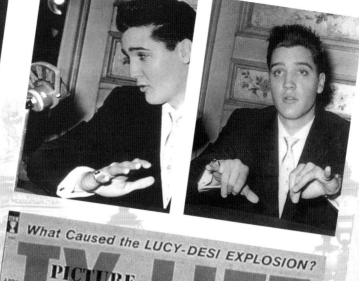

What Caused the LUCY-DESI EXPLOSION?

TV PICTURE LIFE

APRIL

MOVIE · TV · RECORD STARS

25c

ELVIS PRESLEY'S SECRET MARRIAGE in GERMANY

THE WHOLE TRUTH!

DEBBIE SHOCKS THE COUNTRY!

KATHY NOLAN: I Live with Two Men

Page DOUZE F — 19-6-1959

Le pape du R'N'R en permission à Paris

Le caporal Presley révèle les secrets des favoris d'Elvis

Il était presque habillé en marié : costume noir de coupe stricte, chemise blanche à col glacé, cravate gris perle. Cette rigueur dans le vêtement fut la première surprise de cette rencontre avec Elvis Presley. Sur la foi des documents photographiés qui nous sont parvenus, il nous permis de se laisser tomber d'audace et de négligé.

Au lieu de se laisser tomber dans un fauteuil et de s'y étaler comme un rouleau de pâte de guimauve, il s'assit derrière une petite table couverte du tapis vert que les conférences ont rendu classique. Ainsi vêtu et dans cette situation, il ressemblait assez à Billy Graham, le public relations de la Bible. Il faisait posé, sérieux, appliqué. On avait peine à imaginer Elvis le Pelvis, surnommé « Elvis le Pelvis » ou « Pelvis Presley ».

Maintenant Elvis fait son service militaire dans les forces américaines en Allemagne et on lui a permis d'autres moments de hanches. Il partage une chambre avec huit autres Américains de son âge et il a le même régime de faveur. Les huit jours de permission qu'il passe présentement à Paris lui ont été accordés après qu'il en ait fait la demande à son capitaine.

Il en est à son quinzième mois sous les drapeaux et il lui reste encore neuf à faire. Malgré la bonne volonté qu'il met dans tout ce qu'il fait, il n'espère pas décrocher le grade de sergent avant d'être libéré.

Comme Elvis aime le caporal. Comme Elvis est un garçon très sensible, qui est vite déprimé lorsqu'il a loin des siens, il a installé toute sa famille à Bad-Nauheim, où il est cantonné.

La vie en rose

Après sa conférence de presse, Elvis Presley est allé folâtrer dans le patio de son hôtel et là nous avons pu deviser gentiment. En fond sonore le bruit d'un jet d'eau ne parvenait pas à couvrir les questions et les réponses que voici :

— Combien gagnez-vous ?

Sa chemise blanche à col placé et son costume noir étaient les admirateurs d'Elvis. Heureusement, un clin d'œil de dernière minute les rassurées : sous cette tenue sévère, Elvis est toujours là.

— Je coûte 52.000 francs à l'oncle Sam et je lui fais perdre les 25 millions d'impôts que je lui verrais annuellement. Quel est votre numéro matricule ?

— 533107 GI. L'addition de ces chiffres donne 26. Mes « fans » n'ont adopté comme numéro porte-bonheur.

— Êtes-vous toujours populaire aux U.S.A. ?

— Je l'espère. Je reçois de 500 à 1.000 lettres par jour.

Elles sont adressées au « général Presley » ou « à Elvis Presley ».

— Avez-vous amené l'une de vos cinq voitures ?

— Non, mais j'ai acheté une B.M.W. d'occasion pour 1.800.000 francs.

Vos gardes du corps habituels sont-ils avec vous ?

— Lamar Fike (126 kg.) et Bobby West (100 kg.) sont avec moi.

Au moment de votre incorporation, avez-vous demandé la faveur de garder vos favoris et vos cheveux longs ?

— J'ai fait couper mes cheveux bien avant d'être militaire, avant le film « King Creole » pour mon rôle dans « King Creole ».

Pourquoi portez-vous ces favoris ?

— Ce n'était pas pour imiter Rudolf Valentino. Mon père était coiffeur et tous les employés qui étaient ses amis portaient des favoris. Moi puis je pensais que cela me donnerait l'air plus vieux.

L'uniforme vous fait-il regretter les vêtements criards que vous portiez ?

— Je portais des couleurs voyantes uniquement parce qu'elles me recommandent le noir lorsque j'étais las. De plus, j'adore le rose. Une de mes Cadillac est rose et noire.

Comme J.-C.

— Avez-vous des manies ?

— Je collectionne les animaux en peluche et les fleurs de papier de dix très voisins.

— Où avez-vous chanté pour la première fois ?

— Dans la chorale que dirigeait ma mère à Memphis.

— Aimez-vous dormir dans une chambre ?

— Il y a des nuits où je regrette nos chambres : elle était tendue de cuir bleu et blanc et un miroir couvrait entièrement un pan du mur.

— Lorsque vous étiez jeune, quelles étaient vos ambitions ?

— Policier ou camionneur.

— Avez-vous la foi ?

— La Bible qu'on m'a donnée lorsque j'avais onze ans, parce que j'étais un bon enfant de chœur.

Avez-vous peur que vos deux ans de service militaire compromettent votre avenir ?

— Il n'y a rien changé à la carrière d'Eddie Fisher.

— Êtes-vous sportif ?

— Je ne suis pas nageur mais je compte bien apprendre dans l'armée.

— Quels sont vos chanteurs français préférés ?

— Je les connais mal. Aux U.S.A. j'aime Sinatra et Dean Martin.

— Êtes-vous sensible aux critiques et aux attaques ?

— Jésus lui-même n'était pas aimé de tous.

— Lorsque vous serez libéré, comment envisagez-vous la suite de votre carrière ?

— La peur du chant passera au second plan. Je veux devenir un acteur véritable comme Sinatra.

— Quelle est la chose la plus extraordinaire que vous ait demandée un journaliste ?

— De poser pour une photo avec le masque mortuaire de James Dean sur le visage.

Paul GIANNOLI

La Radio suisse romande est également présente pour une courte interview, au cours de laquelle Jean Aberbach sert de traducteur. Le journaliste lui demande depuis combien de temps il est sous les drapeaux et quel est son grade. Il répond qu'il est caporal. Alors, une voix féminine derrière lui, faisant allusion à l'article paru dans la presse dit : "on a dit sergent dans les journaux ?". Il lui demande ensuite pourquoi il a choisi Paris. Le chanteur s'explique alors : "Tout le monde dit qu'il faut voir Paris, alors je suis très content d'être ici". Le journaliste lui demande ensuite s'il est vrai qu'il a dit souhaiter voir Brigitte Bardot ; Elvis répond qu'il n'a pas dit ça, mais qu'il serait ridicule de ne pas vouloir la rencontrer, car c'est une grande artiste… Il lui demande également s'il admire des chanteurs français, ce à quoi Elvis répond qu'il ne les connaît pas. En vérité, lors de la conférence de presse donnée le 22 septembre 1958, à New York, il avait évoqué, un peu sous forme de boutade qu'il aimerait venir à Paris et y rencontrer Brigitte Bardot…

The Swiss radio station is also present for a short interview during which Jean Aberbach serves as translator. The journalist asks him how long he has been in the army and what his rank is and he replies corporal, while a female voice behind him, referring to the article in the press, says: "It was said sergeant in the newspapers?" He then asks him why he chose Paris: "Everyone says you have to see Paris, so I'm very happy to be here". Then the journalist asks him, if it's true that he said he wanted to see Brigitte Bardot; Elvis answers that he didn't say that, but that it would be ridiculous not to want to meet her, because she's a great artist… He also asks him if he admires French singers, to which Elvis answers no, he doesn't know them. In fact, at the press conference given in New York on September 22, 1958, he had mentioned, a little jokingly, that he would like to come to Paris and meet Brigitte Bardot there…

APRÈS LA CONFÉRENCE

En réalité, Elvis a pris tout le monde à contre-pied, et a ainsi totalement gommé l'image un peu niaise que certains journalistes avaient parfois voulu lui donner. C'est Freddie Bienstock qui met fin à la conférence, laquelle se prolonge près de la fontaine au centre du patio attenant à la salle où Elvis converse à nouveau avec Micheline Sandrel. La scène est filmée, Elvis est heureux de sa prestation, il se laisse à nouveau volontiers photographier avec les personnes présentes. Il se tient quelques instants à l'écart auprès d'une charmante journaliste. Dieu seul sait ce qu'ils se disent, mais le reporter de *Paris Match*, Daniel Camus, canarde littéralement le couple pour figer sur la pellicule ce qui ressemble visiblement à une scène de drague.

Plus tard, on retrouve le couple sur le trottoir de l'avenue George-V, juste devant l'hôtel. Elvis poursuit la conversation entamée dans la cour intérieure et quitte la jeune femme sur un baisemain « à la française ». Il bavarde encore un peu avec ses amis. Puis, en cette fin d'après-midi, il décide d'aller faire un tour de ville dans la superbe Cadillac décapotable de couleur blanche qu'il a louée pour l'occasion…

AFTER THE CONFERENCE

In fact, Elvis took everyone off balance, and in a few minutes totally erased the somewhat silly image that some journalists had sometimes wanted to give him. Freddie Bienstock ended the conference which then continued near the fountain in the centre of the patio adjoining the room where Elvis spoke again with Micheline Sandrel. The scene is filmed, Elvis is happy with his performance, he lets himself be photographed again with the people present. He stands a few moments apart with a charming journalist. God only knows what they're saying but *Paris Match* reporter, Daniel Camus, is literally shooting the couple to freeze on film what looks like a flirting scene.

Later, the couple is found on the sidewalk of George-V Avenue, just in front of the hotel. Elvis continues the conversation in the courtyard and leaves the young woman with a "French" handkissing. He chats a little longer with his friends and then having rented a magnificent white convertible Cadillac decides in this late afternoon to go for a tour of the city…

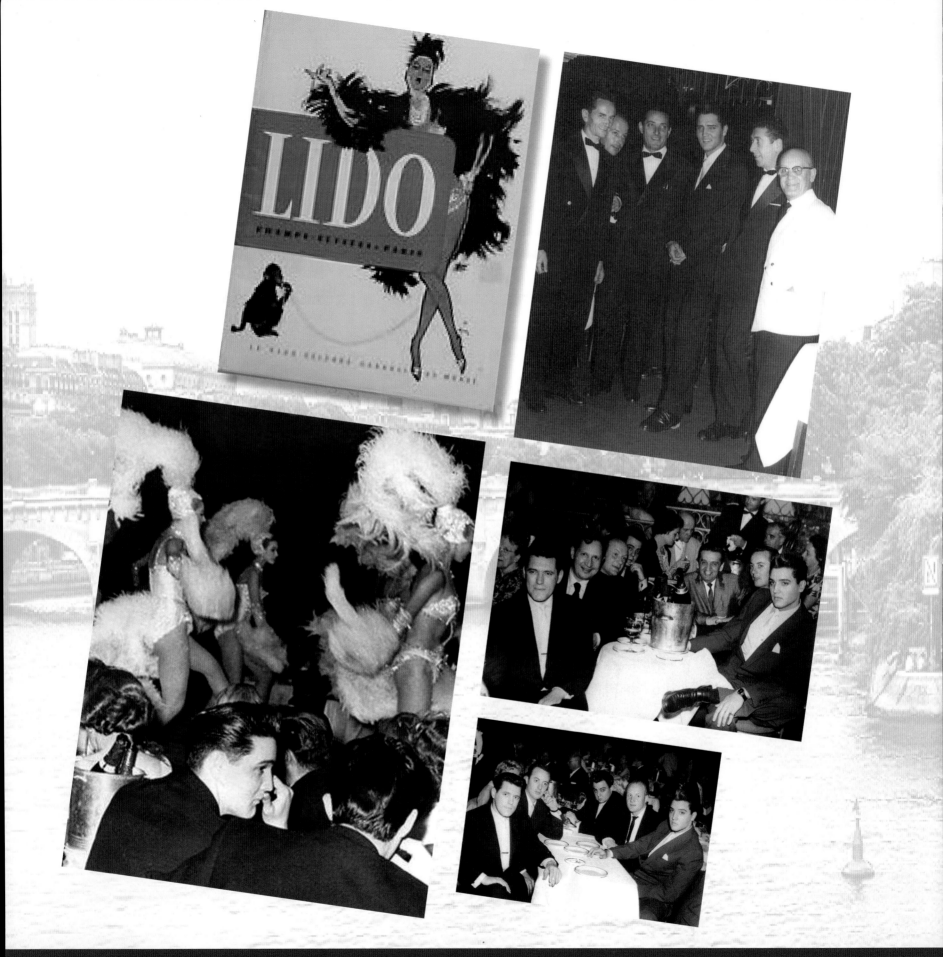

PARIS BY NIGHT

D'autres artistes américains sont présents à Paris : Claudette Colbert, Esther Williams, Rosalind Russel, Billy Wilder… Mais Elvis les éclipse tous et son passage au Lido ce soir ne passe pas inaperçu. Toujours vêtu de son costume en alpaga noir, il est venu assister à la revue "avec plaisir !", un spectacle en dix tableaux de Pierre Louis-Guerin et René Fraday. Il s'agit du cabaret-restaurant le plus célèbre et le plus sélect de la nuit parisienne. Sur scène, il n'y a pas moins de trente Bluebell Girls qui offrent un spectacle coloré, joyeux et très entraînant. Le groupe d'amis s'installe à une table juste devant le plateau, lorsque des soldats américains présents dans la salle viennent immédiatement saluer leur compatriote.

Other American artists are present in Paris: Claudette Colbert, Esther Williams, Rosalind Russel, Billy Wilder… But Elvis eclipses them all, and his presence at the Lido that night does not go unnoticed. Still dressed in his black alpaca suit, he came to the review "avec plaisir !" — a show in ten scenes by Pierre Louis-Guerin and René Fraday. It is the most famous and exclusive cabaret-restaurant of the Parisian nightlife. On stage there are no less than thirty Bluebell Girls who offer a colorful, joyful and very catchy show. The group of friends sit at a table just in front of the set, when American soldiers present in the room immediately come to greet their compatriot.

NMExclusive
The night Elvis sang in a Paris club

Revealed by ANDY GRAY

ELVIS with GEORGE BERNARD at the Lido Club.

PRESLEY has entertained in public during his stay in Europe. At one very special performance. But not for Generals or diplomats during some high class function at an embassy. Not for fans in some obscure German jazz club. Not for buddies in a mess hall. But in the most unusual place, in the most unique circumstances. And his performance introduced a new Elvis.

I discovered about Presley's show when I visited Paris recently and looked up my friends George and Bert Bernard, the kings of record-miming, whose latest take-off includes a hilarious Yul Brynner and Deborah Kerr in "The King And I".

They starred at the Lido Club for a year, ending their long and successful season recently. On the night of my visit, I mentioned the article we had printed, written by Glaswegian Lawrence Sameroff, who had met Presley and The Bernards at the Lido during the summer.

"That was a great piece, very interesting and accurate," George Bernard commented. "But you should know what happened a night or so after, when Presley gave his concert."

"I have a daughter, Alice, who is now 16 and has been a Presley fan for three years. Maybe I was jealous that she liked him so much. Anyway, Presley was no score in my book—until I met him.

"Then I found a gentleman, as polite as you could ever wish to meet and as charming as a prince," he went on.

"After our second show one night, he said he'd wait till Bert and I got changed and then we'd go on somewhere for a coffee (Elvis never drinks alcohol).

"When I left my dressing room I heard a piano playing softly, swingly, soothingly. I stopped and listened. It reminded me of George Shearing.

"Then a voice started to sing, so quietly, the tune being played on the piano. A soft bluesy number called 'Willow Weep For Me.' I had to see who was singing.

"I never expected it to be Elvis Presley—but it was!

"And surrounding him, some standing, some leaning on the piano, some sitting on the floor, were the waiters, cleaners, commissionaires, charwomen, bus boys and all who go to make up the large staff of the Lido Club.

"They were getting—for nothing—what no one else in Europe could get for a fortune—a show from Elvis.

Sophisticated

"But it wasn't the Elvis we know on records. This was a suave, sophisticated songster at the piano, making magic at the keyboard, and singing in a soft, well-modulated, superbly controlled voice.

"Elvis sang for about half a hour, a dreamy, contented expression on his face. He was enjoying himself. He nodded as his listeners applauded quietly at the end of each number, going into the next almost immediately.

"Later I asked Elvis why he had played and sung on the spur of the moment. He replied quite simply: 'I had the urge. I play quite a bit back in my home in Germany, singing at the piano. Guess being in Paris I missed my piano and when I saw that one on the stage there I couldn't resist it.'"

George Bernard went on to ask Elvis a very pertinent question. "Having heard you sing so well at the piano, why do you bother with rock 'n' roll in pictures and on discs?"

Elvis, says George, answered: "I have a lot of fans who like me rocking. I like rocking, too. So we have a good time. When they want me singing softer ballads—I'm ready. Till then, I go on rocking."

Fair enough, isn't it? No wonder George Bernard ended by saying: "Yes, I really like Elvis. He's no beatnik kid, a credit to the show business world I've lived in most of my life."

Coming from such a great trouper as George Bernard, that is praise indeed for Elvis Presley.

LES BERNARD BROTHERS — LES NUITS DE PARIS

PARIS MATCH — L'ACTUALITÉ RACONTE EN PHOTOS DIX NOËLS EXTRAORDINAIRES

France-soir
LE SEUL QUOTIDIEN FRANÇAIS VENDANT PLUS D'UN MILLION
Jeudi 18 Juin 1959   25 fr.

délicieux saucisson OLIDA des vitamines en rondelles

HUIT JOURS DE « PERME » POUR M. ROCK N'ROLL

Elvis Presley, le chanteur U.S. le plus payé du monde, voulait passer inaperçu à Paris

Depuis hier, d'autres brillantes vedettes de Sunset Boulevard remontent les Champs-Elysées

Elvis Presley

ELVIS PRESLEY, la grande vedette de la chanson et du cinéma aux U.S.A., est à Paris où il vient en permission, dont actuellement occupent dans les troupes U.S. d'occupation en Allemagne.

Billy Wilder

Elvis Presley, M. Rock n'Roll — remonter hier, incognito, les Champs-Elysées. Mais des son entrée dans un cabaret, des « fans » américaines l'ont reconnu.

Elvis apprécie énormément le spectacle qui, à aucun instant, malgré la tenue dénudée des filles, n'est vulgaire. Il faut dire qu'elles sont très belles. Les critères de sélection sont très stricts et le recrutement se fait dans tous les pays d'Europe. Elvis tombe tout d'abord sous le charme d'une patineuse sur glace, mais aussi sous celui d'une des sœurs jumelles Kessler, les coqueluches du spectacle - Alice et Ellen Kessler sont originaires de Nerchau en Allemagne. Toutes les Bluebell Girls tombent amoureuses de lui. On l'autorise même à pénétrer en coulisse. À partir de ce soir, il reviendra très souvent et invitera les filles à prolonger la nuit avec toute l'équipe, notamment dans une petite boîte située rue de Ponthieu, Le Ban Tue, où il restait parfois jusqu'à huit ou neuf heures du matin. Il ramenait ensuite tout le monde à l'hôtel et ne se levait qu'en fin d'après-midi, faisait monter un petit déjeuner copieux et repartait pour une nouvelle virée. Bien que l'endroit fût exigu, c'est au Ban Tue que se retrouvaient tous les oiseaux de nuit, toute la faune parisienne et de nombreux travestis. Cela ne dérangeait pas Elvis outre mesure, à condition toutefois qu'on ne vienne pas l'ennuyer.

Dans son édition du 18 juin 1959, le journal *France-Soir*, le plus important tirage en France, titre : "Elvis Presley, le chanteur U.S. le plus payé du monde, voulait passer inaperçu à Paris". L'article et les photos soulignent qu'il a été immédiatement reconnu lors de son passage au Lido.

Elvis greatly appreciates the show, which at no time, despite the girls' nakedness, is vulgar. They are all very beautiful. The selection criteria are very strict and recruitment is carried out in all European countries. Elvis first falls under the spell of a figure skater, but also under that of one of the Kessler twin sisters, the favorites of the show — Alice and Ellen Kessler are from Nerchau in Germany. He literally conquers the Bluebell Girls, who all fall in love with him. He is even allowed to enter backstage. From that night on, he will return very often, inviting the girls to extend the night with the whole team, in particular at a small club located on Ponthieu street, Le Ban Tue, where he would sometimes stay until eight or nine in the morning. He would then bring everyone back to the hotel and only get up in the late afternoon, bring up a hearty breakfast to the room and go on another trip. Although the place was cramped, it was at Ban Tue that all the night birds were found, where you could meet all the Parisian fauna, as well as many transvestites. Elvis was not disturbed much by this, as long as they did not come over to bother him.

In its June 18, 1959 edition, the *France-Soir* newspaper, the largest circulation in France, titles: "Elvis Presley, the highest paid U.S. singer in the world, wanted to go unnoticed in Paris". The article underlines, with photos to support it, that, attending the show at the Lido, he was immediately recognized.

Au Lido, et dans d'autres cabarets de la ville comme le Club des Champs-Élysées, se produisent également les frères George et Bert Bernard. Ce duo d'artistes chanteurs, acteurs pantomimes américains en vogue dans les années 50 a même tourné chez nous le film, *Les Nuits de Paris*, réalisé par Ralph Baum. Au mois de décembre suivant, George Bernard relatera sa rencontre avec Elvis au journaliste Andy Gray du *New Musical Express* : "J'ai fait la connaissance d'Elvis au Lido qu'il avait l'habitude de fréquenter lors de son séjour à Paris. Comme d'autres, j'avais un préjugé défavorable car je n'aimais pas le rock-and-roll et les déhanchements sur scène de ses représentants me rendaient malade. Je pensais alors qu'Elvis était une disgrâce pour le monde du spectacle dans lequel je vivais. Peut-être étais-je aussi un peu jaloux de voir que ma fille de 16 ans, fan depuis ses débuts, l'adorait ! Contre toute attente, je découvris un vrai gentleman, poli, charmant comme un prince, avec lequel j'eus tout de suite des relations très amicales. Un soir que nous venions de terminer notre spectacle, Elvis nous invita à prendre ensemble un café quelque part ailleurs. Alors que je quittais ma loge où je venais de me changer, j'entendis des notes de piano venant de la salle du cabaret. Intrigué, je m'arrêtai pour mieux entendre, lorsqu'une voix se mit à chanter doucement. Je reconnus tout de suite le mélancolique et bluesy *Willow Weep For Me*. Je me remis en marche, impatient maintenant de savoir de qui il pouvait bien s'agir. Ma surprise fut grande de découvrir Elvis installé au piano au milieu d'une assemblée de personnes visiblement fascinées et qui représentaient tout l'éventail du personnel de l'établissement : serveurs, sommeliers, commissionnaires, femmes de ménage, agents de nettoyage…

Also performing at the Lido, and in other cabarets in the city such as the Club des "Champs-Élysées", are the brothers George and Bert Bernard, a duo of American pantomime singers and actors in vogue in the 1950s, who even shot the movie, *Les Nuits de Paris*, directed by Ralph Baum, in France. The following December, George Bernard will tell the journalist Andy Gray of the *New Musical Express* about his meeting with Elvis (see article page 78).

Les uns se tenaient debout, certains étaient penchés au-dessus du piano et d'autres avaient pris place à même le sol. Et tous ces gens avaient droit gratuitement à ce que personne d'autre en Europe ne pouvait s'offrir pour une fortune : un concert d'Elvis Presley de plus d'une demi-heure ! Mais ce n'était pas l'Elvis que nous connaissions par ses disques. Nous avions là un chanteur sophistiqué, interprétant des ballades d'une voix douce et superbement contrôlée, prenant un plaisir évident à créer une atmosphère rêveuse et magique. Il remerciait l'assistance d'un signe de la tête lorsqu'elle applaudissait à la fin d'une chanson et se lançait presque immédiatement dans la suivante. Je ne pouvais m'empêcher d'être impressionné par sa voix magnifique et très Sinatra-esque. Sa performance était celle d'un artiste de cabaret à la longue expérience et non pas celle d'un jeune homme de tout juste vingt-quatre ans. Plus tard dans la soirée, lorsque je lui demandai pourquoi il s'était mis à chanter de manière impromptue au Lido, il me répondit qu'il avait l'habitude de faire cela à la maison et qu'après avoir remarqué le piano, il n'avait pu résister à l'envie de faire comme chez lui. J'ajoutai que j'avais été tellement impressionné par son concert que je ne pouvais m'empêcher de me demander pourquoi il se limitait au rock-and-roll. Il m'expliqua qu'il donnait à ses fans ce qu'ils réclamaient, une musique rythmée que lui-même aimait beaucoup, mais que cela ne l'empêchait pas d'adorer également chanter des ballades. Il espérait avoir l'occasion d'enregistrer des chansons comme celles qu'il avait interprétées ce soir-là au Lido et souhaitait qu'on se souvienne aussi de lui comme chanteur de ballades. Elvis me raconta aussi qu'il aimait les chansons anglaises, mais que sa connaissance de l'Angleterre se limitait aux falaises de Douvres aperçues du bateau transporteur de troupes qui l'avait amené en Allemagne. Un peu plus tard, alors que je regagnais mon domicile par les rues désertes dans le petit matin parisien, il me vint une idée. Quand Elvis retourna nous voir une dernière fois au Lido avant de retourner dans sa caserne en Allemagne, Bert et moi décidâmes de rendre un peu de la magie qu'Elvis nous avait donnée. Nous lui fîmes la surprise d'interpréter le standard *The White Cliffs Of Dover – Les falaises blanches de Douvres.* À voir l'expression ravie de son visage et ses applaudissements appuyés, nous comprîmes qu'il avait apprécié notre petit message !"

Les amis passent ainsi des nuits entières à assister aux spectacles de cabarets parisiens : les Folies Bergère, le Moulin Rouge, le Carrousel, cabaret rendu célèbre par le transsexuel Coccinelle… Le Moulin Rouge est l'un des hauts lieux mythiques de Paris. Il a connu son heure de gloire à la fin du siècle dernier, on y dansait le French cancan, immortalisé par *La danse au Moulin Rouge* du peintre Toulouse-Lautrec. Un soir, lors de son spectacle, la chanteuse américaine Nancy Holloway l'aperçoit dans la salle et sans plus attendre griffonne quelques mots sur le premier papier trouvé : "Elvis, pouvez-vous me faire l'immense faveur de venir me voir immédiatement après le final ? Merci par avance. Nancy Holloway". Elle fait parvenir le message à Elvis, qui lui répond au dos : "Je serai à l'entrée des coulisses comme vous me le demandez. E. P".

Elvis and his friends spend this way whole nights attending Parisian cabaret shows: the Folies-Bergère, the Moulin Rouge, the Carrousel, a cabaret made famous by the transsexual Coccinelle… The Moulin Rouge is one of Paris' most famous landmarks. It had its hour of glory at the end of the last century, where the French cancan was danced, immortalized by the painter Toulouse-Lautrec, on the canvas of *La danse au Moulin Rouge* (The Moulin Rouge Dance). One evening, during her show, the American singer Nancy Holloway catches sight of him in the audience, without further ado, she scribbles a few words on the first paper found, asking Elvis to join her after the show. Elvis duly complies.

Chose promise, il vient la retrouver. Nancy Holloway raconte :

"Après le spectacle, il est venu me rejoindre dans ma loge et nous avons sympathisé. À ce moment-là, il sortait avec l'une des sœurs Kessler qui dansaient au Lido. Après quoi, comme je le faisais chaque soir, j'allais chanter au Mars Club, une boîte de jazz. Souvent, il y venait terminer des soirées avec nous. Voilà comment nous nous sommes rencontrés. Ah ! Il était vraiment super, c'est quelqu'un que j'aimerai toujours, pas seulement pour le personnage qu'il était, mais aussi pour l'homme que j'ai connu. J'adorais son accent du Sud. Il était très beau et aussi très modeste. En fait, je n'ai pas connu Elvis, l'homme de spectacle. Quand il était ici, c'était un homme comme tout le monde, très relax. La première fois qu'il a vu Paris, pour lui c'était merveilleux ! À l'époque, je chantais assez souvent Fever et Elvis m'a dit : "tiens, j'ai oublié ça… Quand je rentre, je vais l'enregistrer", et il l'a enregistré"

Née à Cleveland dans l'Ohio aux États-Unis, Nancy Holloway s'est cependant définitivement établie en France dès cette époque.

Le photographe du Moulin Rouge tire à jamais un instantané sur lequel on retrouve également André Pousse. Ancien champion cycliste devenu directeur artistique du célèbre music-hall, c'est lui qui a engagé Nancy Holloway. Si le Moulin Rouge, tout comme le Lido, est un lieu qu'Elvis affectionne particulièrement, il ne lui est toutefois pas nécessaire de se rendre dans un night-club, si prestigieux soit-il, pour s'amuser. Ainsi, un soir en se rendant de la tour Eiffel à l'Arc de triomphe, alors que le taxi roule tranquillement, il se met à chanter avec Rex et Charlie des gospels et tout ce qui lui passe par la tête, comme *I Will Be Home Again*. L'ambiance, Paris qui brille de tous ses feux et le feeling aidant, il se sent tellement bien qu'arrivé à la place de l'Étoile il demande au chauffeur de faire demi-tour et de retourner à la tour Eiffel. Ils font ainsi l'aller et le retour à plusieurs reprises. Heureux chauffeur de taxi !

As promised, he comes to find her. Nancy Holloway tells us:

"After the show, he came to join me in my dressing room and we became friends. At that time, he was dating one of the Kessler sisters, who were dancing at the Lido. After that, as I did every night, I went to sing at the Mars Club, a jazz club. Often, he would come there to end evenings with us. That is the story of how we met. He was really great, he's someone I'll always love, not only for the character he was, but also for the man I knew. I loved his Southern accent. He was very handsome and also very modest. Actually, I didn't know Elvis, the showman. When he was here, he was a man like everyone else, very relaxed. The first time he saw Paris, it was wonderful for him! At the time, I used to sing Fever quite often and Elvis told me: "why, I forgot that… When I come home, I'm going to record it, and he recorded it."

Although Nancy Holloway was born in Cleveland, Ohio, USA, she settled permanently in France at that time.

The photographer of the Moulin Rouge takes an immortal snapshot that also includes André Pousse. Former cycling champion, he became the artistic director of the famous music hall, — it was he who hired Nancy Holloway. While the Moulin Rouge and the Lido are places that Elvis particularly likes, it is not necessary for him to go to a nightclub, however prestigious it may be, to have fun. So, one evening, on his way from the Eiffel Tower to the Arc de Triomphe, while the taxi was driving quietly, he started singing gospel songs with Rex and Charlie and everything else that came into his head, like: *I Will Be Home Again*. With the atmosphere, Paris shining brightly and the feeling helping, Elvis felt so good that when he arrived at the Place de l'Etoile, he asked the driver to turn around and return to the Eiffel Tower. They went back and forth several times. Happy taxi driver!

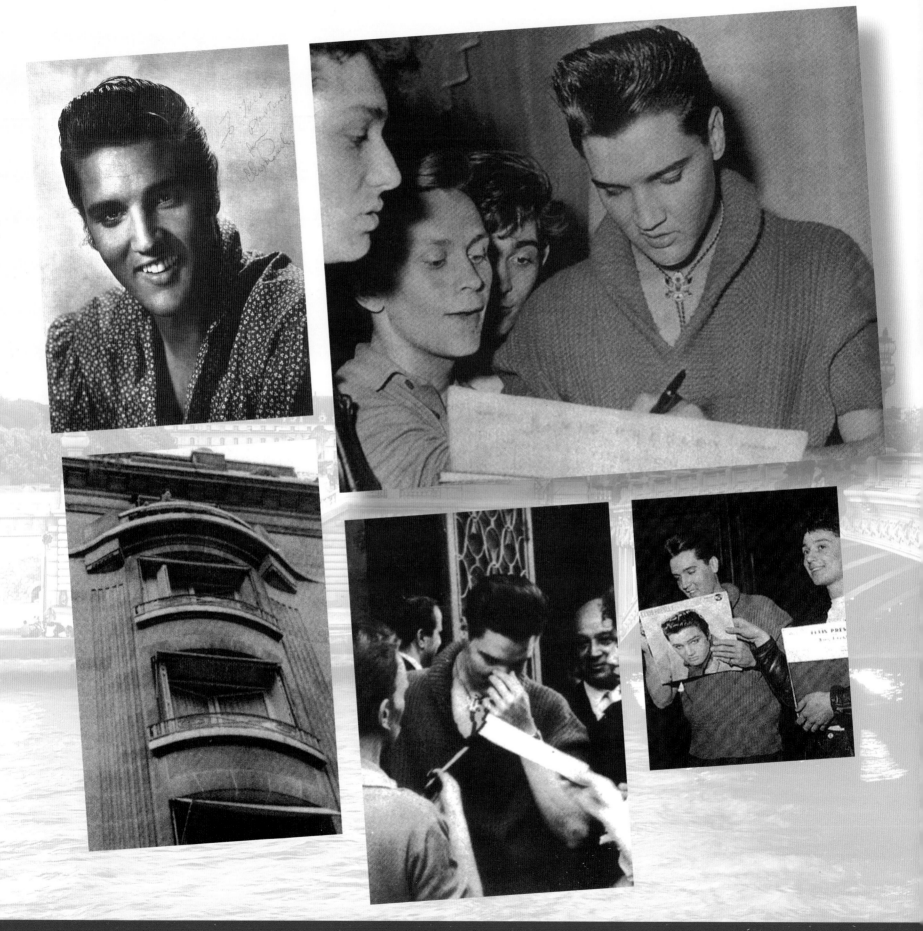

QUELQUES PHOTOS DE FANS

Si on peut parfois apercevoir le caporal Presley au balcon de sa suite, dans ses folles nuits parisiennes, cela ne l'empêche pas de retrouver devant le Prince de Galles les fans les plus chanceux ou les mieux informés, souvent par le chasseur de l'hôtel. C'est le cas de Louis Skorecki, qui arrive avec sa pile de disques sous le bras, le 45 tours *Jailhouse Rock*, l'album *Loving You*… Dédicaces, photos… Il n'en espérait pas tant. Il arrive même à lui demander s'il préfère chanter des ballades ou du R'n'R, ce à quoi Elvis répond qu'il aime autant les deux. Ce jour-là, Elvis porte un superbe pull à grosses côtes et, ce qui est peu courant, un bolo-tie autour du cou. Un autre soir, très chic parisien, il porte une veste pied-de-poule sur un pantalon noir et pose entouré de jeunes filles, dont l'une d'entre elles possède une guitare ! Quelle coïncidence !

SOME FANS PHOTOS

While Corporal Presley can sometimes be seen on the balcony of his suite on his crazy Parisian nights, this does not prevent him from meeting the luckiest or most informed fans in front of the Prince de Galles, often by the hotel's bellhop. This is the case for Louis Skorecki, who arrives with his pile of records under his arm, the *Jailhouse Rock* EP, the *Loving You* album… Autographs, photos… He didn't expect so much. He even manages to ask him if he prefers to sing ballads or R'n'R, to which Elvis replies that he loves both as much. On that day, Elvis wore a beautiful large ribbed sweater and, which is unusual, a bolo-tie (cord held by a ring) around his neck. Another evening, very chic Parisian, he wears a houndstooth jacket over black pants and poses surrounded by young girls, one of whom, what a coincidence, owns a guitar!

Elvis

not-so-private citizen

His hotel suite in Hollywood has been reserved . . . his cars gleam with fresh polish . . . the big house in Memphis has been made ready. March 24, the day on which his two-year hitch in the Army is finished, is at hand—and Elvis is about to become Not-So-Private Citizen Presley. It's a toss-up as to who's more excited—Elvis or his fans. He goes first to Hollywood to wind up "GI Blues," part of which has already been shot in Germany—without its star. His first TV appearance is set for May, on a Sinatra show. There are new records to cut. Other movies are being lined up for him. The biggest smash in show business in years is coming back to work. . . . It's been a long two years for the 24-year-old from Tupelo, Miss., and Memphis, the city he now considers home. In Germany, where he's been stationed, he has been strictly GI; has lived quietly in a modest house in Bad Nauheim with his dad and grandmother, asking no special favors—and getting none. But the excitement of show business is upon him, and Elvis—and his fans—can scarcely wait.

In Paris last summer on leave, Elvis met fans (opposite) and did the night spots; fell in love with the city. Above, in Georges V lobby.

Roland Chardon a lui aussi appris la nouvelle par le même chasseur. De peur de manquer l'occasion, il vide rapidement les quelques photos que contient son appareil. Il prend un cliché étonnant de l'instant où Elvis tance de la main une jeune fille qui lui demandait une dédicace sur le sein. Cette fois, il porte un pantalon crème et un pull blanc avec un col en V. Le monde l'entoure, il lui parle gentiment et ira même s'asseoir avec quelques-uns sur un des bancs qui se trouvent sur l'avenue George-V. Roland sort une carte postale très répandue à l'époque qui représente notre idole souriante jouant de la guitare. Elvis y appose sa signature – avec un stylo-bille bleu. Yves Plantureux est là également. Il est en train de passer son bac et a été prévenu par des copains, ainsi que par une voisine, de la présence d'Elvis à Paris. Il se rendra plusieurs jours de suite au *Prince de Galles*, prendra quelques clichés lors de la conférence, et plus tard dans le patio de l'hôtel. Il vide lui aussi le chargeur de son petit appareil photo. Accrocheur, il obtient plusieurs autographes du King, dont un dans l'ascenseur de l'hôtel où Elvis écrit : "*To* Yves Plantureux *from* Elvis Presley". Il va même réussir le tour de force d'obtenir, lors de la conférence de presse trois dédicaces au verso du EP *Peace in The Valley* ! Inutile de dire qu'il ne peut y avoir plus grand bonheur pour un fan.

Roland Chardon also learned the news from the same bellhop. Feverish, for fear of missing the opportunity, he quickly empties the few photos that his camera contains. He takes an astonishing picture of the moment when Elvis scolds with his hand a young girl who asked him for an autograph on her breast. This time, he is wearing cream pants and a white sweater with a V-neck. He speaks kindly to the people surrounding him and will even sit with a few on one of the benches on George V Avenue. Roland takes out a postcard that was very popular at the time, representing our smiling idol playing the guitar. Elvis signs it — with a blue ballpoint pen. Yves Plantureux is also there. He is currently passing his baccalaureate and has been informed by friends, as well as by a neighbor, of Elvis' presence in Paris. He will visit the *Prince de Galles* several days in a row, even takes a few pictures during the conference, and later on in the hotel patio. He empties the charger from his small camera as well. A catchy man, he obtained several autographs from the King, including one in the elevator of the hotel where Elvis wrote: "*To* Yves Plantureux *from* Elvis Presley". He will even succeed in obtaining, at the press conference, three autographs on the back of the *Peace in The Valley* EP! Needless to say, there can be no greater happiness for a fan.

EPA - 4054

SIDE 1 (There'll Be) PEACE IN THE VALLEY (For Me) • IT IS NO SECRET (What God Can Do)
SIDE 2 I BELIEVE • TAKE MY HAND, PRECIOUS LORD

EPA - 4054

ELVIS PRESLEY

PEACE IN THE VALLEY

To a great many people Elvis Presley has been a surprise. They have been surprised at his style of singing, at his disarming frankness and most of all at his rapid success. To them this album will also be a surprise. But to any of the fortunate folks who have known Elvis, whether as a schoolboy, movie usher, delivery man or performer, PEACE IN THE VALLEY will be no surprise.

Little older than five was Elvis when he started singing in church in his native deep Southland. Its music was his earliest and he is quick to credit this early and sustained background for its contribution towards his style. In fact, prominent in his personal record collection are most of the records available by the Statesmen Quartet, the Blackwood Brothers Quartet, the Jordanaires and other sacred groups of the South. It was, then, no real surprise when on a recent Ed Sullivan TV show Elvis decided to do the title song of this set. Nor were the folks at RCA surprised the very next day when the deluge of wires and letters descended suggesting, requesting and demanding that the selection be recorded by Elvis! This album is the result and it is interesting to note that on these four great sacred numbers Elvis chose to use only the men he normally employs on his popular recording; Scotty Moore on guitar, Bill Black on bass, D. J. Fontana on drums and The Jordanaires. If you are not impressed by the results, I will be surprised.

CALVIN HELMS

© by Radio Corporation of America, 1957

RCA

TMKS ® © Radio Corporation of America
Marcas Registradas

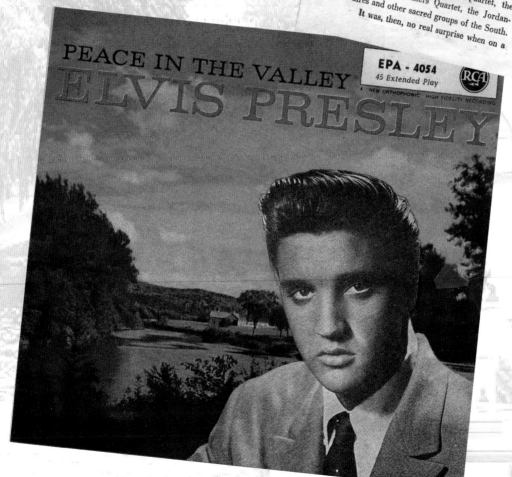

PEACE IN THE VALLEY
ELVIS PRESLEY

EPA - 4054
45 Extended Play
A NEW ORTHOPHONIC • HIGH FIDELITY RECORDING

RCA

Yves, que l'on aperçoit marcher à côté d'Elvis dans le patio de l'hôtel, lui présente un autre jour son scrapbook. Le King pousse alors un soupir d'étonnement et dit : "You're a good boy…". Yves lui pose alors quelques questions, à savoir s'il pense revenir en France, ce à quoi Elvis répond : "Oui, je viendrai chanter en France…". Il le retrouvera ainsi à plusieurs reprises, notamment avec d'autres fans, en fin d'après-midi, lorsqu'Elvis se présente décontracté, en pantalon crème et pull blanc.

Yves, who can be seen walking next to Elvis in the hotel patio, presents him with his scrapbook another day. The King then sighs with a gasp of astonishment and says: "You're a good boy…" Yves asks him a few questions, namely whether he thought he would come back to France, to which Elvis replies: "Yes, I will come to sing in France…" He would meet him several times, especially with other fans, in the late afternoon, when Elvis came in relaxed, in cream pants and a white sweater.

L'hebdomadaire *La semaine Radiophonique*, dans son compte rendu, le montre précisément en présence des fans avec pour légende : "Elvis Presley, le roi du rock'n'roll, en rupture de service militaire, passait une courte permission à Paris. Reconnu par ses "fans" il accepta volontiers de signer des autographes". Une photo prise dans le même temps apparaîtra plus tard dans un magazine US avec une erreur dans la légende mentionnant qu'il a rencontré ses fans dans le hall de l'hôtel George V.

The weekly newspaper *La semaine Radiophonique*, in its report, shows him precisely in the presence of fans with the legend: "Elvis Presley, the king of rock'n'; roll, who was out of military service, was spending a short leave in Paris. Recognized by his "fans", he willingly accepted to sign autographs". A picture taken at the same time will also later appear in a US magazine, however with an error in the legend where it is written that he met his fans in the lobby of the George V Hotel.

July 1st, 1959

Mr. Jean Aberbach
c/o Frank Boyd
17 Savile Row
London England

Dear Jean,

On behalf of Elvis and myself I won't to thank you for the time and effort you undertook to show us a good time in Paris. I think because of you and the men helping you it made the trip more enjoyable for Elvis.

I don't know what we would have done with out you on that trip, because of the press, and all the reporters. You were absolutely marvalous in the way that you handled them. That in itself made everything more injoyable for Elvis.

I know I am speaking for Elvis when I say, thank you from the bottom of hearts, for making every thing go right. This is something that Elvis or myself will never forget.

If at any time there is something I can do, no matter how big, for you, please don't hesitate to call on me. I will do the upmost to carry it out. This is the least I can do for you, because of the time and effort you spent making Elvis more at ease.

Here's hoping that we all can get together sometime again in the near future, and talk over the fun we had in Paris.

Best wishes.

Sincerely,

Elvis, and Lamar

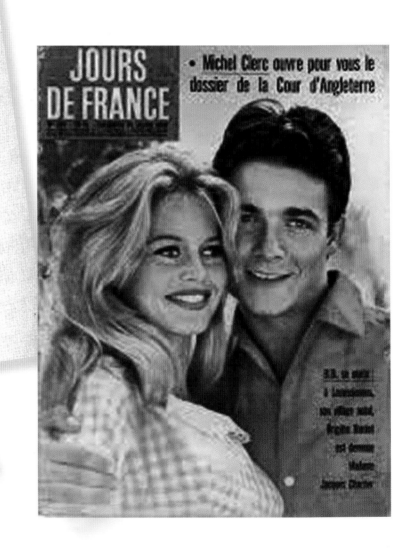

JOURS DE FRANCE

• Michel Clerc ouvre pour vous le dossier de la Cour d'Angleterre

JUILLET 1959

JULY 1959

De retour en Allemagne, Lamar Fike remerciera Jean Aberbach en ces termes : "Au nom d'Elvis et moi-même, je voudrais vous remercier pour le temps et les efforts que vous avez déployés pour nous avoir aidés à passer du bon temps à Paris et à rendre ce voyage plus agréable pour Elvis. Je ne sais pas ce que nous aurions fait sans vous, notamment avec la presse et tous ces reporters, vous avez su gérer cela de manière absolument incroyable, rendant ainsi les choses plus faciles pour Elvis. Je parle au nom d'Elvis lorsque je dis : merci de tout cœur pour que tout se soit aussi bien passé. C'est quelque chose qu'Elvis et moi-même n'oublierons jamais. S'il y a quelque chose que je puisse faire, peu importe l'importance, n'hésitez surtout pas à faire appel à moi, je ferai tout mon possible pour vous aider. C'est le moins que je puisse faire pour vous en raison des efforts que vous avez consacrés à faire pour qu'Elvis soit le plus à l'aise possible. En espérant que nous pourrons tous nous réunir à nouveau dans un proche avenir et discuter du plaisir que nous avons eu à Paris. Meilleures salutations. Cordialement, Elvis et Lamar".

Comme tous les Français, Elvis aura été surpris d'apprendre que Brigitte Bardot venait d'épouser le jeune comédien Jacques Charrier révélé l'année précédente dans le film de Marcel Carné, *Les Tricheurs*. Elvis a du mal à quitter notre capitale, il y a trouvé un art de vivre qui lui était totalement inconnu jusqu'à présent. Après presque dix jours de perm, il faut pourtant bien se résoudre à regagner le bataillon. Il décide alors de louer une limousine et de rejoindre l'Allemagne par la route buissonnière. L'été incite souvent au vagabondage !

Cependant, Paris lui trotte toujours dans la tête. Aurait-il oublié quelque chose (ou quelqu'une !) ? On ne le saura jamais. Quoi qu'il en soit, le week-end suivant il demande à Lamar Fike, Rex Mansfield et à Charlie Hodge de l'accompagner pour une nouvelle incartade du vendredi 3 juillet au dimanche 5. Pas de chance, les amis que Vernon, le père d'Elvis, avait déposés à la gare arrivent un peu tard et le train est déjà parti. Mais rien ne peut arrêter Elvis, la capitale lui manque. Il demande à ce que l'on affrète un avion mais ne trouve pas de pilote. Pendant ce temps, notre homme bout d'impatience et demande à ce que l'on appelle un taxi. Elvis propose alors au chauffeur de rattraper le train ou si ce n'est pas possible de gagner directement Paris. Une fois le train rattrapé, voilà qu'il redémarre avant que les compères n'aient eu le temps de monter. C'est le chauffeur qui a dû être content de la course ! Bad Nauheim/Paris, ça ne se voit pas tous les jours ! Le groupe loge à nouveau pour le week-end au *Prince de Galles* et reprend la tournée des cabarets de la ville. Paris sera toujours Paris !

Back in Germany Lamar Fike will thank Jean Aberbach (*See letter on opposite page*).

Like all French people, Elvis was surprised to learn that Brigitte Bardot had just married the young actor Jacques Charrier who had been revealed the previous year in Marcel Carné's movie, *Les Tricheurs*. Elvis has a hard time leaving the French capital — he has found an art of living there that was totally unknown to him until now. After almost ten days of leave, he must now return to the battalion. He then decides to rent a limousine and reach Germany by the scenic route. Summer often encourages vagrancy!

However, Paris is still in his head. Did he forget something (or someone!)? We'll never know, but the next weekend, he asks Lamar Fike, Rex Mansfield and Charlie Hodge to accompany him for a new getaway from Friday, July 3 to Sunday, July 5… Out of luck, the friends who had been dropped off at the station by Vernon, Elvis' father, arrives a little late and the train has already left. But nothing can stop Elvis, he misses the capital. He asks for an aircraft to be chartered but cannot find a pilot. Meanwhile, our man grows impatient and asks for a taxi. Elvis then suggests to the driver to catch up with the train or if it is not possible to reach Paris directly. Once they've caught up with the train, it starts again before the gang have had time to get on. The driver must have been the one happy with the taxi fare! Bad Nauheim/Paris, you don't see that everyday! The group stays again for the weekend at the Prince de Galles and resumes the tour of the city's cabarets. Paris will always be Paris!

Paris

JANVIER 1960

Les six mois écoulés ont vu la sortie en France du 45 tours simple *A Big Hunk O'Love/My Wish Came True* et d'un 4 titres comprenant *One Night, I Got Stung, I Need Your Love Tonight* et *A Fool Such As I*, des chansons qui font le bonheur de toutes les surboums. Le 15 décembre 1959 se produit à Paris un événement exceptionnel pour tous les amateurs de rock-and-roll, avec la venue à l'Olympia de Gene Vincent. Un souffle d'air frais, sous haute surveillance policière, qu'ils ne seront pas près d'oublier.

JANUARY 1960

The past six months have seen the release in France of the single *A Big Hunk O'Love/My Wish Came True* and one EP, including *One Night, I Got Stung, I Need Your Love Tonight* and *A Fool Such As I*, songs that make the joy of all dancing parties. On December 15, 1959, an exceptional event for all Rock and Roll fans took place in Paris, with Gene Vincent coming to the Olympia. A breath of fresh air, under high police surveillance, that they will not soon forget.

Jean-Marie Pouzenc, l'auteur, en blouson à droite sur la photo
Jean-Marie Pouzenc, the author, with a leather jacket on the right

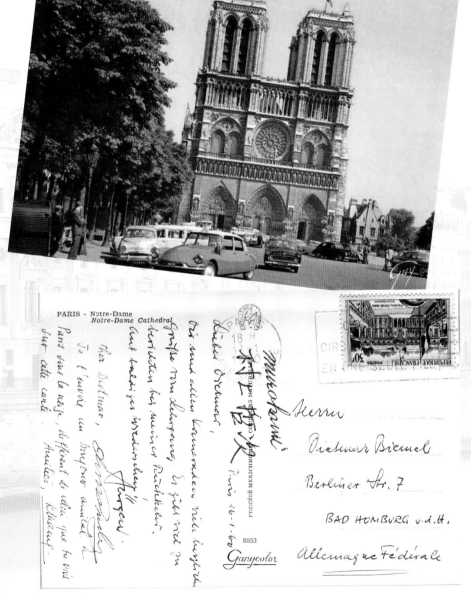

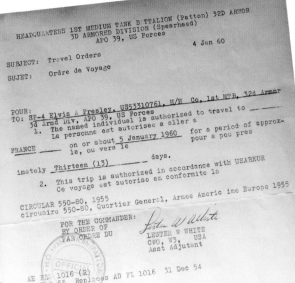

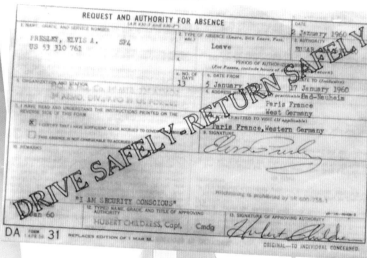

Le 1er janvier, la France tourne une page importante de son histoire avec la création du nouveau franc, tandis qu'aux États-Unis John F. Kennedy devient Président. C'est alors que sort chez nous le magnifique album *Gold Records n° 2*, qu'Elvis récidive et passe une nouvelle semaine de permission à Paris. Il vient de fêter ses 25 ans le 8 janvier. Bien qu'il choisisse la discrétion, il se retrouve très vite avec les journalistes à ses trousses. Pour son troisième séjour dans la capitale, il est accompagné de Joe Esposito qui accomplit tout comme lui son service militaire, de Cliff Gleaves un ami de Memphis chanteur de rockabilly et de Jürgen Seydel son instructeur de karaté. En effet, le principal prétexte à sa venue concerne cette discipline qu'il a découverte ces derniers mois et qu'il pratique trois à quatre soirs par semaine, notamment avec Rex Mansfield dans la salle de Jürgen Seydel à Bad Homburg. À Paris, ils viennent rencontrer le grand maître japonais du shotokan, Tetsuji Murakami, dans son club le Yoseikan. Une photo immortalisera ce rendez-vous.

Les compagnons de bordée arrivent à Paris par la gare de l'Est le mardi 12 janvier. Ils se rendent comme à l'habitude au *Prince de Galles* où une suite leur a été réservée. Généreux, Elvis dit à ses amis qu'ils peuvent absolument tout commander, c'est lui qui invite. Il ne faut cependant pas croire que seul le côté superficiel de notre cité l'intéresse. Ainsi, c'est avec beaucoup de plaisir qu'il fait découvrir la ville à ses amis : la tour Eiffel, Notre-Dame de Paris… Il se rend également à plusieurs reprises au club de Tetsuji Murakami où sa soif d'acquérir des connaissances en matière de karaté est très grande. Tetsuji Murakami est arrivé en France en 1957 à l'invitation de l'Académie française des arts martiaux. Son influence s'étendra dans une grande partie de l'Europe, principalement en Allemagne, mais également bien au-delà.

On January 1st, France turned an important page in its history with the creation of the new franc, while in the United States John F. Kennedy became President. It is when the magnificent *Gold Records No. 2* album is released in France that Elvis does it again and comes to Paris for another week's leave. He just celebrated his 25th birthday on January 8th. Although this time he chose discretion, he quickly finds himself once again with the journalists on his heels. For his third stay in the capital, he is accompanied by Joe Esposito, who is doing his military service just like him, Cliff Gleaves, a rockabilly singer friend from Memphis, and Jürgen Seydel, his karate instructor. Indeed, the main pretext for his visit is this martial art that he has discovered in recent months and that he practices three to four evenings a week, notably with Rex Mansfield in Jürgen Seydel's dojo in Bad Homburg. In Paris, they came to meet the great Japanese shotokan master, Tetsuji Murakami, in his club the Yoseikan. A photo will immortalize this meeting.

The travel companions arrive in Paris from the Gare de l'Est on Tuesday, January 12. As usual, they go to the Prince de Galles where a suite has been reserved for them. Once again, Elvis generously tells his friends that they can order absolutely anything, it's on him. However, we would be wrong to believe that he is only interested in the superficial side of our city, Paris. Thus, it is with great pleasure that he introduces his friends to the city: the Eiffel Tower, the Notre-Dame de Paris Cathedral… He also visits several times the Tetsuji Murakami club where his thirst to acquire knowledge in karate is very high.

Tetsuji Murakami, arrived in France in 1957 at the invitation of the French Academy of Martial Arts. His influence will extend to a large part of Europe, mainly in Germany, but also far beyond.

C'est au printemps 1957 que Jürgen Seydel a créé le premier club de karaté d'Allemagne. À la fin de la même année, il rencontre à Paris Henry Plée, le pionnier du karaté dans notre pays et expert reconnu dans toute l'Europe. Il lui conseille de prendre comme entraîneur Tetsuji Murakami pour un stage qu'il organise à Bad Homburg à l'été 58. Il pose ainsi la première pierre d'une organisation nationale où Jürgen Seydel tiendra le premier rôle. Une fois à Paris, Jürgen n'en oublie pas pour autant l'un de ses élèves, Dietmar Biemel, à qui il envoie une carte postale de Notre-Dame : "Cher Dietmar, Je t'envoie et également à tes camarades les salutations les plus cordiales du stage de karaté. À mon retour, il y a beaucoup à raconter. À bientôt ! Jürgen". Mais aussi et en français, cette fois : "Cher Dietmar, Je t'envoie un bonjour amical de Paris sous la neige, différent de celui que tu vois sur cette carte". La carte postale datée du 16 janvier 1960 porte, entre autres, les signatures d'Elvis et de Maître Tetsuji Murakami.

It was in the spring of 1957 that Jürgen Seydel founded Germany's first karate club. At the end of the same year, he met Henry Plée in Paris, the pioneer of karate in France and an expert recognized throughout Europe. It was he who advised him to take Tetsuji Murakami as his coach for a training camp he organized in Bad Homburg in the summer of 1958, laying the foundation for a national organization in which Jürgen Seydel plays the leading role. Once in Paris, Jürgen does not forget one of his students, Dietmar Biemel, to whom he sends a postcard of Notre-Dame: "Deavr Dietmar, I send you as well as your comrades the warmest greetings of the karate camp. When I get back, there's a lot to talk about. See you soon! Jürgen". But also and in French, this time: "Dear Dietmar, I send you a friendly hello from Paris under the snow, different from the one you see on this card". The postcard dated January 16, 1960, bears, among others, the signatures of Elvis and Master Tetsuji Murakami.

AU LIDO

Ce soir Elvis se rend une nouvelle fois au Lido. Il a retrouvé Currie Grant à Paris, lui aussi militaire dans l'Air Force en Allemagne, et marié à la sœur du chanteur Tony Bennett. Il y a quelques semaines, Currie a présenté à Elvis une jeune fille prénommée Priscilla… Le militaire se joint au groupe. Tout juste à la sortie du *Prince de Galles*, Marcel Thomas, photographe amateur dont le hobby est la photo d'artistes, prend un magnifique cliché du caporal Presley en uniforme de sortie, cravate noire et gants blancs. Indiscutablement l'habit lui va bien et il le sait. Ses amis, eux, restent en civil. La revue "avec plaisir !" est toujours à l'affiche du célèbre cabaret. La journaliste Arlette Gordon a réussi à se glisser dans l'entourage d'Elvis et peut ainsi le suivre toute la soirée. Elle constate qu'une table lui a été réservée devant la piste.

AT THE LIDO

Tonight Elvis is going to the Lido once again. He met up in Paris with Currie Grant, a soldier in the Air Force, also in Germany, who is married to singer Tony Bennett's sister. A few weeks ago, Currie introduced Elvis to a young girl named Priscilla… The soldier joins the group. Just outside *Prince de Galles*, Marcel Thomas, an amateur photographer whose hobby is photographing artists, takes a beautiful shot of Corporal Presley in his dress uniform, black tie and white gloves. Unquestionably this outfit suits him well and he knows it. His friends, on the other hand, remain in civilian clothes. The review "avec plaisir !" is still on the program of the famous cabaret. Journalist Arlette Gordon has managed to slip into Elvis' entourage, and can therefore follow him all evening. She notes that a table has been reserved for him in front of the dancing floor.

Après le spectacle, en attendant de retrouver les jumelles Alice et Helen Kessler, qui depuis le mois de juin ont commencé à enregistrer des disques, Elvis s'attarde quelques instants dans la salle et signe des autographes. Jean Amblard lui demande une dédicace derrière une carte postale du Lido pour sa fille Michelle. Le photographe Denis Merlin saisit ces instants uniques où le chanteur le mieux payé au monde, recordman absolu des ventes de disques, pose poliment avec les serveurs du Lido en train de débarrasser les tables. Il plaisante avec eux, prend un paquet de serviettes… Des instantanés inimaginables !

Il retrouve ensuite Harold Nicholas, qui fait partie du spectacle avec l'orchestre de Jimmy Walter. Ce chanteur-danseur américain de petite taille – il mesure 1m55 et pèse 53 kg – est d'une souplesse remarquable. Il vit depuis quelques mois en Europe. Aux États-Unis, il se produisait dès l'âge de 8 ans avec son frère Fayard, sous le nom des Nicholas Brothers au Cotton-Club à New York, et ils deviennent la coqueluche de Harlem. Ils tournent également pour Hollywood. Sous le label *Fontana*, Harold enregistre en France une quinzaine de 45 tours dont, *Je ne peux pas rentrer chez moi* de Charles Aznavour. Il chante des titres comme *Blue Moon* et obtient un beau succès avec *Yo Tengo Una Muneca*. Avant de s'installer dans notre pays, il avait été le mari de la célèbre actrice, chanteuse et danseuse Dorothy Dandridge avec qui il avait eu une fille, Suzanne, née avec une lésion cérébrale grave qui l'empêchait de parler et de reconnaître ses parents. Ils divorcèrent en 1951.

En 1954, Dorothy Dandridge avait décroché le rôle-titre du film *Carmen Jones*, dirigé par Otto Preminger avec Harry Belafonte. Le film est un succès et son extraordinaire prestation lui vaudra une nomination aux Oscars.

Les deux chanteurs passent quelques instants à bavarder. On remarque la coupe de cheveux parfaite d'Elvis, avec une banane naissante, très différente de celle qu'il avait précédemment. On le voit discuter et plaisanter avec un beau gaillard fumant une cigarette, l'acteur et chanteur Paul Harris. Ce dernier avait débuté à Broadway et avait joué, entre autres, dans la comédie musicale *Show Boat*, puis s'était lui aussi installé en Europe où il était apparu au cinéma, notamment en Angleterre.

Il est près de trois heures du matin lorsqu'Elvis quitte l'établissement en compagnie de deux Bluebell Girls. La nuit n'est pas finie, et le groupe fait la tournée des autres boîtes. Comme souvent, ils atterrissent au Ban Tue. Joe Esposito n'avait pas prêté attention à la chose auparavant, mais il remarque que contrairement à ses camarades, Elvis ne boit rien. Il lui demande alors :

"Elvis, tu ne veux pas un verre ?
— Commande-moi un Coca…

— Tu ne veux pas un vrai verre ?
— Non, je ne bois pas d'alcool.
— Même pas une bière ?
— Non. J'ai vu trop d'ivrognes dans ma jeunesse. C'est pourquoi tu ne verras jamais d'alcool chez moi. Je ne l'accepte pas"

After the show, while waiting to meet the twins Alice and Helen Kessler, who since June have started making records, Elvis lingers a few moments in the room, signing autographs. Jean Amblard asks him for an autograph on the back of a Lido postcard for his daughter Michelle who is a fan. Photographer Denis Merlin captures those unique moments when the world's highest paid singer, the absolute record holder in record sales, poses politely with the Lido servers clearing the tables. He jokes with them, takes a pack of napkins… Unimaginable snapshots!

He then met Harold Nicholas, who was part of the show with Jimmy Walter's orchestra. This small American singer-dancer, at 1m55 tall and weighing 53 kg, is remarkably flexible. He has been living in Europe for a few months. In the United States, he performed at the age of 8 with his brother Fayard, under the name Nicholas Brothers, among other places at the Cotton Club in New York, where they became the beloved of Harlem. They also tour for Hollywood. Under the Fontana label, Harold recorded about fifteen EPs in France, including *Je ne peux pas rentrer chez moi* by Charles Aznavour, sang songs like *Blue Moon* and had great success with, in particular, *Yo Tengo Una Muneca*. Before moving to France, he had been the husband of the famous actress, singer and dancer Dorothy Dandridge with whom he had a daughter, Suzanne, born with a severe brain injury that prevented her from speaking or even recognizing her parents. They divorced in 1951.

In 1954, Dorothy Dandridge got the title role in the movie Carmen Jones, directed by Otto Preminger with Harry Belafonte. The movie was a success and her extraordinary performance earned her an Oscar nomination.

The two singers spend a few moments chatting. We notice Elvis' perfect haircut, with an emerging pompadour, which is very different from the one he had previously. We also see him talking and joking with a handsome fellow smoking a cigarette, actor and singer Paul Harris, who had his debut on Broadway and had played, among other things, in the musical *Show Boat*, and who had also settled in Europe where he had appeared in movies, particularly in England.

It is almost three in the morning when Elvis leaves the establishment with the two Bluebell Girls. The night is not over, and the gang tours the other clubs. As they often do, they end up at the Ban Tue. Joe Esposito, who had not paid attention to the matter before, notices that, unlike his companions, Elvis doesn't drink at all. He then asks him:

"Elvis, don't you want a drink?
— Order me a Coke… .
— Don't you want a real drink?
— No, I don't drink alcohol.
— Not even a beer?
— No. I saw too many drunks in my youth. That's why you'll never see alcohol in my house. I do not accept it."

Of course, here again, the press echoes his nocturnal trips. Thus, Marlyse Schaeffer of the *Journal du Dimanche* tries to reach him at all costs. She even wonders if he is not in Paris on irregular leave. He slipped through her fingers on Friday, but stubborn, on Saturday, our journalist does not leave the hotel lobby. At 7 pm, Elvis slightly opens the door to his room — he is not yet ready and asks her to wait another hour. Patience finally paid off. It is finally at 10 pm, in full dress, that he presents himself to the reporter before going to the Lido. She falls under his spell, she finds him thinner, which suits him very well, she says. They chat for a few moments:

"In March I will be demobilized. I'll have done my time. I'll embark with my father, my grandmother and quickly to Memphis, my country!"

"In the end, I don't regret these two lost years… They taught me a lot of things I didn't know: discipline (you know it's not so bad!), team spirit and most importantly I made friends. The chores together, the songs… I feel more human."

"Rock'n'Roll music has worked for me, I don't want to change my rhythm. In April, I will be recording a television show with Frank Sinatra."

"I signed up for three movies, it's great! I don't know the scripts, but I know I'll be singing."

Bien naturellement, là encore, la presse se fait l'écho de ses virées nocturnes. Ainsi, Marlyse Schaeffer du *Journal du dimanche* cherche à le joindre à tout prix. Elle se demande même s'il n'est pas à Paris en permission irrégulière. Il lui a filé entre les doigts le vendredi, mais têtue, le lendemain, notre journaliste ne quitte plus le hall de l'hôtel. À 19 heures, Elvis entrebâille la porte de sa chambre, il n'est pas encore prêt et lui demande d'attendre encore une heure. La patience a fini par payer, c'est finalement à 22 heures, en grande tenue, qu'il se présente à la reporter avant de se rendre au Lido. Elle tombe sous le charme, elle le trouve aminci, ce qui lui va fort bien, dit-elle. Il se livre quelques instants :

"En mars je serai démobilisé. J'aurai fini mon temps. Je rembarquerai mon père, ma grand-mère et vite à Memphis, mon pays !"

"Au fond, je ne regrette pas ces deux années perdues… Elles m'ont appris beaucoup de choses que j'ignorais : la discipline (vous savez ce n'est pas si mal !), l'esprit d'équipe, et surtout j'ai eu des copains. Les corvées ensemble, les chansons… Je me sens plus humain"

"Le rock ça m'a réussi, je n'ai pas envie de changer de rythme. D'ailleurs j'enregistrerai en avril une émission de télévision avec Frank Sinatra"

"J'ai signé pour trois films, c'est formidable ! Les scénarios je ne les connais pas, mais je sais que j'y chanterai"

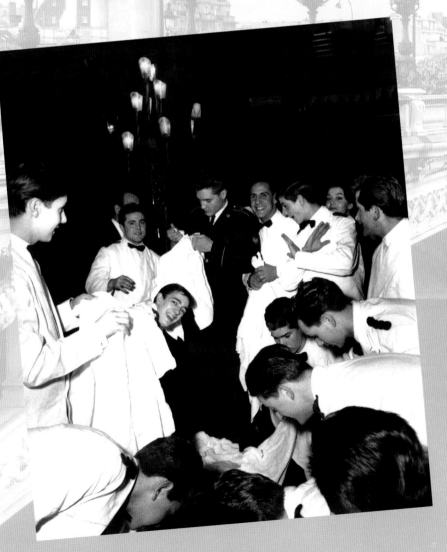

La journaliste titrera dans sa rubrique "Une femme vous parle" pour le *Journal du dimanche* du 17 janvier : "Elvis Presley m'a fait un salut militaire avec des gants blancs tachés de rouge à lèvres.». Dans l'article, elle écrit également qu'il lui a dit avoir fait tous les cabarets de Montmartre, ceux des Champs-Élysées, de la rive gauche, mais qu'il n'apprécie guère le quartier de Pigalle.

Arlette Gordon écrit pour le magazine *Cinémonde*, et a également attendu patiemment pour rencontrer le célèbre militaire, n'avouant pas immédiatement d'ailleurs qu'elle était journaliste. Elle est reçue dans la chambre 520 : "Un garçon très mince, sain et éclatant, aux cheveux courts, au teint bronzé m'ouvre la porte. Le sourire malicieux et l'œil vert plein de charme enfantin, il me tend la main. Où est donc le jeune voyou, vulgaire, un peu lourd, aux larges rouflaquettes et aux longs cheveux tristes ?... Presley brandit tout à coup un couteau de caoutchouc et se précipite sur un adversaire imaginaire. Devant mon effroi, la "garde" m'explique que la dernière passion d'Elvis est un sport japonais : le Karaté. Il s'entraîne sans arrêt. Son professeur qu'il a connu en Allemagne est d'ailleurs du voyage. Elvis s'arrête, essoufflé, et me montre des piles de livres écrits dans toutes les langues. " Je ne les achète que pour les images ", me dit-il. Il me confie aussi que la seule sortie qu'il ait faite en dehors de ses randonnées nocturnes était pour se mesurer à un champion de Karaté japonais". Elvis lui apprend également qu'il vient de recevoir son 31e disque d'or et que le premier film qu'il va tourner en rentrant aux USA s'intitulera *G.I. Blues*.

The journalist will title her column "A woman speaks to you" in the *Journal du Dimanche* of January 17: "Elvis Presley gave me a military salute with white gloves stained with lipstick". In the article, she also writes that he told her that he had gone to all the cabarets in Montmartre, those on the Champs-Élysées, on the left bank, but that he did not like the Pigalle district.

Arlette Gordon, who writes for *Cinémonde* magazine, also waited patiently to meet the famous soldier, not immediately admitting that she was a journalist. She is received in room 520: "A very thin, healthy and bright boy with short hair and a tanned complexion opens the door to me. With a mischievous smile and a green eye full of childish charm, he reaches out to me. Where is the young thug, vulgar, a little heavy, with large sideburns and long sad hair?... Presley suddenly wields a rubber knife and rushes at an imaginary opponent. In front of my fear, the "guard" explains to me: Elvis' last passion is a Japanese sport: Karate. He trains non-stop. His teacher, whom he met in Germany, is actually also part of this trip. Elvis stops, out of breath, and shows me piles of books written in all languages. "I only buy them for the images," he says. He also tells me that the only outing he made outside of his night hikes was to compete against a Japanese Karate champion". Elvis also informs her that he has just received his 31st gold record and that the first movie he will shoot when he returns to the USA will be called *G.I. Blues*.

LINE RENAUD
au Casino de Paris

DANS

Tremet

PLAISIRS

SUPER REVUE D'HENRI VARNA

Pathé

AU CASINO DE PARIS

AT THE CASINO DE PARIS

Le lendemain soir, l'équipe se rend au Casino de Paris pour assister à la revue "Plaisirs" animée par Line Renaud, dans laquelle passe également le Golden Gate Quartet. Elvis s'installe au balcon. L'ouvreuse l'a reconnu et s'empresse de prévenir Loulou Gasté, le mari de Line Renaud :

"Je crois qu'il y a des soldats américains au balcon, et que parmi eux se trouve Elvis Presley"

Loulou Gasté s'y rend et s'aperçoit qu'il s'agit bien d'Elvis :

"Madame Line Renaud aimerait bien vous rencontrer…"

Une fois le spectacle terminé, Elvis et ses amis se rendent immédiatement dans la loge de Line. Une guitare traîne dans un coin, il demande qui en joue : "C'est moi…" répond Loulou qui compose toutes ses chansons à la guitare. Loulou Gasté est l'auteur de nombreuses chansons de Line Renaud, mais aussi d'autres artistes.

"Est-ce que je peux l'emprunter ?" demande Elvis. Puis il enlève sa casquette, sa veste, sa cravate, pour se retrouver en bras de chemise et dit :

"J'adore les Golden Gate Quartet, j'ai été bercé par leur musique, par leurs disques. Je connais tous les Negro spirituals, ça a été ma source"

The next evening, the team goes to the Casino de Paris to attend the show "Plaisirs" hosted by Line Renaud, in which the Golden Gate Quartet also performs, and Elvis settles in at the balcony. The usher who recognized him hastened to inform Loulou Gasté, Line Renaud's husband:

"I think there are American soldiers on the balcony, and among them is Elvis Presley."

Loulou Gasté then goes there and realizes that it is indeed Elvis:

"Mrs Line Renaud would like to meet you… ."

Once the show is over, Elvis and his friends immediately go to Line's dressing room. There is a guitar laying in a corner, he asks who plays it: "I do…" answers Loulou who composes all his songs on the guitar. Loulou Gasté is the author of many of Line Renaud's songs, but also for other artists.

"Can I borrow it?" Elvis asks. Then he takes off his cap, jacket, tie, ending up in his shirt sleeves and says:

"I love the Golden Gate Quartet, I was rocked by their music, by their records. I know all the Negro spirituals, that was my source."

Le Golden Gate Quartet joue depuis quelque temps en Europe, c'est l'un des groupes de gospel noir les plus connus aux USA. Loulou Gasté sort immédiatement les chercher au café situé en face du Casino de Paris, où ils sont en train de jouer au flipper. Les quatre chanteurs ne se font pas prier et reviennent aussitôt dans la loge de Line Renaud. Sur-le-champ commence une jam session de légende. Les cinq hommes, Elvis s'accompagnant à la guitare, vont chanter tous les classiques : *Down By The Riverside, Swing Down, Sweet Chariot, When The Saints Go Marching In*… Mais aussi certains de ses tubes et bien d'autres.

"C'était super ! dira Clyde Wright, membre fondateur du groupe. Elvis est un garçon charmant"

Line Renaud est enthousiaste :

"Hormis nous, il y a eu trois témoins à cette soirée : mon coiffeur qui était dans ma loge et qui bien entendu n'est pas parti – il était comme moi un fan d'Elvis –, mon habilleuse et puis, comme le Casino n'a pas l'habitude d'être ouvert jusqu'à 6 heures du matin, le concierge pour qu'il n'aille pas se coucher ! Elvis buvait du Coca-Cola et on a eu le plus beau concert qu'on puisse imaginer, et on n'avait ni appareil magnéto, ni appareil photo (avec une moue de désespoir). C'était fabuleux, parce qu'Elvis jouait lui-même de la guitare. C'était la vérité. Là, il n'était pas en représentation. Il laissait aller son cœur et son âme. Il connaissait toutes les chansons, on sentait que c'était toutes ses bases, c'était son classique à lui. Il n'y avait pas un Negro spiritual qu'il ne connaisse. Il les savait tous par cœur. Dès qu'il partait dans un truc – quelquefois c'était le Golden qui en commençait un et Elvis rentrait dedans – c'était une osmose, c'était extraordinaire. Il avait beaucoup de classe, il était très bien élevé, très délicat, plein d'attention, d'une très grande sensibilité et en plus humble"

Line Renaud est très au fait de ce qui se passe aux États-Unis. Elle a ainsi repris *Tweedle Dee* en français, dès 1955, et a également à son répertoire des titres comme *Unchained Melody – Les enchaînés*. De son côté le Golden Gate Quartet a commencé à enregistrer chez nous pour Columbia dès 1954. Il a vu le jour fin des années 30 aux USA où il est devenu le groupe emblématique du Negro spiritual. Il va sortir une quinzaine de 45tours où il reprend à la fois ses standards, *Swing Down, Sweet Chariot, Joshua Fit The Battle Of Jericho*, mais aussi des titres à succès plus récents comme *You'll Never Walk Alone*.

Carmen Tessier, dans sa rubrique *Les potins de la commère* dans *France-Soir*, relatera l'événement le 20 janvier avec pour titre : "Elvis Presley improvise une "jam session" dans la loge de Line Renaud au Casino de Paris". L'article qui suit rend fidèlement compte, et ce n'est pas courant, de cet événement absolument exceptionnel !

Ce même jour pour *Paris-Presse* l'intransigeant Paul Giannoli publie un article sous le titre quelque peu équivoque : "Le G.I. 533107 avoue : il a participé à la guerre froide" où il oublie au passage les deux derniers chiffres (61) du matricule, mais il confirme qu'Elvis n'est pas inquiet quant à la suite de sa carrière après deux ans d'absence. Pour enjoliver son propos, le journaliste dit qu'Elvis a beaucoup aimé la chanson de Gilbert Bécaud, *Marie, Marie*, et qu'il aurait peut-être l'intention de l'enregistrer parce qu'il y est dit qu' "À Pâques ou à la mi-carême quand je serai libéré […]". Pure invention lui permettant de développer le fait qu'Elvis retournera à la vie civile le 20 mars suivant. Il ajoute qu'il n'a pas pu rencontrer Elvis lors de ses sorties dans les clubs, mais qu'il l'a finalement retrouvé chez le coiffeur. Il lui pose ensuite une série de questions somme toute très banales, à savoir s'il allait laisser repousser ses fameuses pattes. "Je ne sais pas" répond Elvis qui ajoute, sur le ton de la plaisanterie : "Et si j'organisais un référendum ?" Le chanteur lui explique ensuite qu'il n'a le droit de porter sa tenue de parade qu'après cinq heures du soir… Pour terminer, il lui demande de quoi ils parlent avec ses camarades de chambrées, ce à quoi Elvis réplique : "Nous avons le sujet favori des militaires : les femmes". Le journaliste conclut qu'il quitte le G.I. sur ces paroles rassurantes. G.I. qui versera 25 millions d'impôts à l'oncle Sam dans deux mois. Parce qu'il lui coûte actuellement 62.000 francs.

The Golden Gate Quartet has been playing in Europe for some time, it is one of the most famous black gospel groups in the USA. Loulou Gasté immediately goes to get them at the café opposite the Casino de Paris, where they are playing pinball. The four singers do not need much convincing and immediately return to Line Renaud's dressing room. A legendary jam session begins without delay. The five men, Elvis accompanying himself on guitar, start singing all the classics: *Down By The Riverside, Swing Down, Sweet Chariot, When The Saints Go Marching In...* But also some of his hits and many others.

"It was great!" says Clyde Wright, founding member of the group. "Elvis is a charming boy."
Line Renaud is enthusiastic:

"Apart from us, there were three witnesses to this party: my hairdresser who was in my dressing room and who of course didn't leave, he like me was a fan of Elvis, my dresser and then, as the Casino doesn't usually stay open until 6 am, the janitor, to make sure Elvis won't leave! Elvis was drinking Coca-Cola and we had the most beautiful concert we could imagine, and we had no tape recorder or camera (with a disappointed voice). It was fabulous, because Elvis played the guitar himself. It was the truth. There, he was not performing. He played with his heart and soul. He knew all the songs, you could feel it was his foundation, it was his classical music. There wasn't a Negro spiritual he didn't know. He knew them all by heart. As soon as he launched into something... sometimes it was the Golden who started one and Elvis would join in. There was osmosis, it was extraordinary. He had a lot of class, he was very well-mannered, very delicate, attentive, very sensitive as well as humble [from Line Renaud's Preface]".

Line Renaud is very aware of what is happening in the United States. She did a cover of *Tweedle Dee* in French, as early as 1955, and she also has in her repertoire titles such as *Unchained Melody*. As for the Golden Gate Quartet, they were founded in the late 1930s in the United States, where they became the emblematic group of Negro spiritual, and began recording in France for Columbia in 1954. They would release about fifteen EPs records where they cover both their standards, *Swing Down, Sweet Chariot, Joshua Fit The Battle Of Jericho...* , but also some more recent hit songs like, *You'll Never Walk Alone...*

Carmen Tessier, in her column *Les potins de la commère* in *France-Soir*, reports on the event on January 20 with the title: "Elvis Presley improvises a "jam session" in Line Renaud's dressing room at the Casino de Paris". The article that follows gives a faithful account, which is uncommon, of this absolutely exceptional event!

On the same day for *Paris-Presse*, the uncompromising Paul Giannoli publishes an article under the somewhat ambiguous title: "G. I. 533107 [omitting last two digits 61] confessed: he participated in the Cold War", but he confirms that Elvis is not worried about the rest of his career after a two-year break. Interestingly, to embellish the subject, the journalist says that Elvis really liked Gilbert Bécaud's song, *Marie, Marie*, which he might intend to record because it says in the lyrics: "At Easter or in mid-Lent when I am released [...]" This was pure invention naturally, allowing him to develop the fact that he will return to civilian life on March 20. He then says that if he could not meet Elvis during his club outings, he finally encountered him at the hairdresser's. He then asks him a series of very commonplace questions, namely whether he would let his famous sideburns grow back. "I don't know", Elvis replies jokingly, "What if I held a referendum?" Elvis then explains to him that he is only allowed to wear his dress uniform after five o'clock in the evening... Finally, he asks him what they are talking about with his roommates, to which Elvis replies: "We have the military's favourite subject: women". The journalist concludes that on these reassuring words, he leaves the G.I., who in two months will pay 25 million in taxes to Uncle Sam. Because, currently, he is costing him 62,000 francs.

LE DÉPART

THE DEPARTURE

Samedi 16 janvier 1960. Hélas ! Tout a une fin, et le caporal Presley doit rejoindre sa garnison, où il va être promu au grade de sergent. Le 5 mars il sera définitivement libéré de ses obligations militaires. Son train part à 22h05 de la gare de l'Est. Il a gardé sa tenue militaire pour quitter Paris : costume gris-vert, cravate et gants noirs. Il traverse le hall du *Prince de Galles* avec un peu de tristesse dans le regard. Dehors, il cède à nouveau à une séance d'autographes. André Lefebvre, le photographe de *Paris Match*, est là aussi. Elvis s'engouffre ensuite dans un taxi, il est temps, car il faut pratiquement traverser tout Paris.

Saturday, January 16, 1960. Unfortunately, everything has an end, and Corporal Presley has to return to his garrison, where he will be promoted to the rank of sergeant. On March 5th, he will definitely be released from his military obligations. His train leaves from Gare de l'Est at 10:05 pm. He kept his military outfit on to leave Paris : grey-green suit, tie and black gloves. He walks through the *Prince de Galles* lobby with a little sadness in his eyes. Outside, he gives in again to an autograph session. André Lefebvre, the *Paris Match* photographer, is also there. Elvis then rushes into a taxi, it is time, because they now need to cross the whole city of Paris.

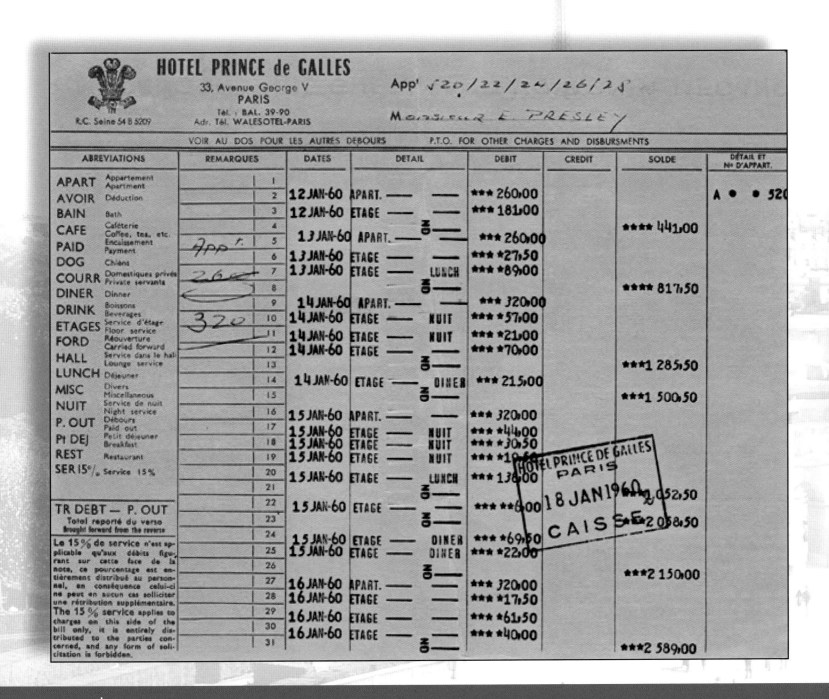

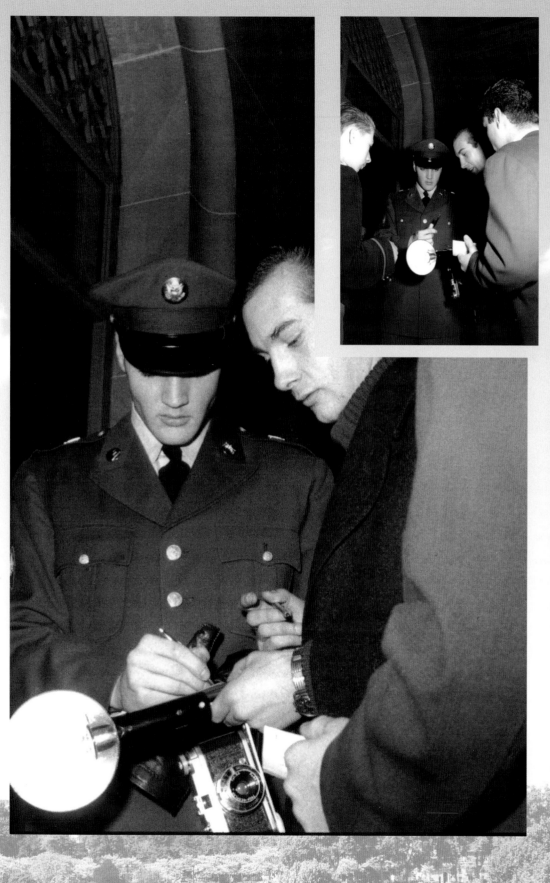

À LA GARE
DE L'EST

AT THE
GARE DE L'EST

Arlette Gordon et le photographe de *Cinémonde* sont également présents gare de l'Est. Dans son article pour *Cinémonde* : "Caporal Presley Elvis : Permission incognito dans le "gay Paris"", Arlette Gordon soulignera sous le titre *"Exclusif"* que "pendant la revue du Lido, en compagnie de ses inséparables amis, Presley ne peut s'empêcher de penser au Karaté". Elle légendera les photos prises à la gare de l'Est de divers commentaires : "Il ne transporte ni argent, ni billet de transport sur lui… C'est l'un de ses cinq amis qui est chargé de toutes les ennuyeuses formalités… Elvis, après avoir trois fois essayé de semer les photographes, arrive souriant et complaisant à la gare. Son train part à 22h05, dans cinq minutes !… Le porteur tend à Elvis sa dernière valise : c'est la plus précieuse, celle qui contient ses livres "d'images !" et ses souvenirs de Paris… La mission est terminée. Avant de s'engouffrer tout à fait dans le train, Elvis jette un dernier regard sur le quai… Et c'est l'ultime salut que nous adresse le caporal Presley…".

Arlette Gordon and the *Cinémonde* photographer are also present at the Gare de l'Est. In her article entitled "Corporal Presley Elvis: Incognito permission in 'gay Paris'" for *Cinémonde*, Arlette Gordon will highlight under the title *"Exclusif"* that "during the Lido's show, accompanied by his inseparable friends, Presley cannot help but think of Karate", and will caption the photos taken at the Gare de l'Est with various comments, "He carries neither money nor transport tickets on him… One of his five friends is in charge of all the boring formalities… Elvis, after having tried three times to lose the photographers, arrives at the station smiling and complacent. His train leaves at 10:05 p.m., in five minutes!… The carrier hands Elvis his last suitcase: it is the most precious, the one containing his "picture books!" and his souvenirs of Paris… The mission is over. Before rushing into the train, Elvis takes a last look at the platform… And that's Corporal Presley's final greeting to us…"

Il faut faire vite. Joe Esposito et Lamar Fike ont fait provision de magazines pour le voyage. Dernières photos sous l'horloge, il reste juste une minute. Tout le monde se presse sur le quai. Elvis est au bras d'une ravissante blonde anonyme. Il laisse ses amis monter dans le train, passe le dernier, salue et donne même un coup de main au porteur. Un photographe est monté dans la voiture, Elvis se retourne, puis laisse descendre celui-ci. Tous les voyageurs ont déserté le quai et le contrôleur monte à son tour. Elvis sourit à la jeune femme et aux reporters restés seuls sur le quai. Dernier signe de la main. Il est 22h05. Le train s'éloigne. Journalistes et photographes s'attardent dans le hall. La nuit est épaisse, le hall de la gare de l'Est est triste. Un courant d'air le traverse, il fait froid… Il y a des nuits où même la Ville Lumière ne semble plus avoir d'éclat.

Time is of the essence. Joe Esposito and Lamar Fike have stocked up on magazines for the trip. Last pictures under the clock, just one minute left. Everyone hurries onto the platform. Elvis is on the arm of a beautiful, anonymous blonde. He lets his friends get on the train, gets on last, waves good-bye and even gives the carrier a hand. A photographer has stepped into the car, Elvis turns around, then lets him out. All passengers have deserted the dock, and the controller now boards. Elvis smiles at the young woman and at the reporters who remain on the platform. Last wave of the hand. It's 10:05 pm. The train is moving away. Journalists and photographers linger in the station's concourse. The night is thick, the hall of the Gare de l'Est is sad. A current of air flows through it, it's cold… There are nights when even the City of Light no longer seems to have any shine.

LE RETOUR D'ELVIS

THE RETURN OF ELVIS

À tous les observateurs et témoins qui l'ont approché, Elvis aura laissé de ses passages à Paris l'image d'un homme chaleureux et humble, d'une extrême gentillesse et d'une correction exemplaire. Il a aimé Paris et le souvenir de ce premier contact restera à jamais gravé dans sa mémoire. "Il n'y a pas meilleur moyen de voir Paris pour la première fois, que d'une des collines de la ville à l'aube", dira-t-il souvent par la suite.

Elvis left from his visits to Paris on all the observers and witnesses who approached him the image of a warm and humble man, of extreme kindness and exemplary correction. He loved Paris and the memory of this first contact will remain forever engraved in his memory. "There is no better way to see Paris for the first time than from one of the city's hills at dawn", he would often say later.

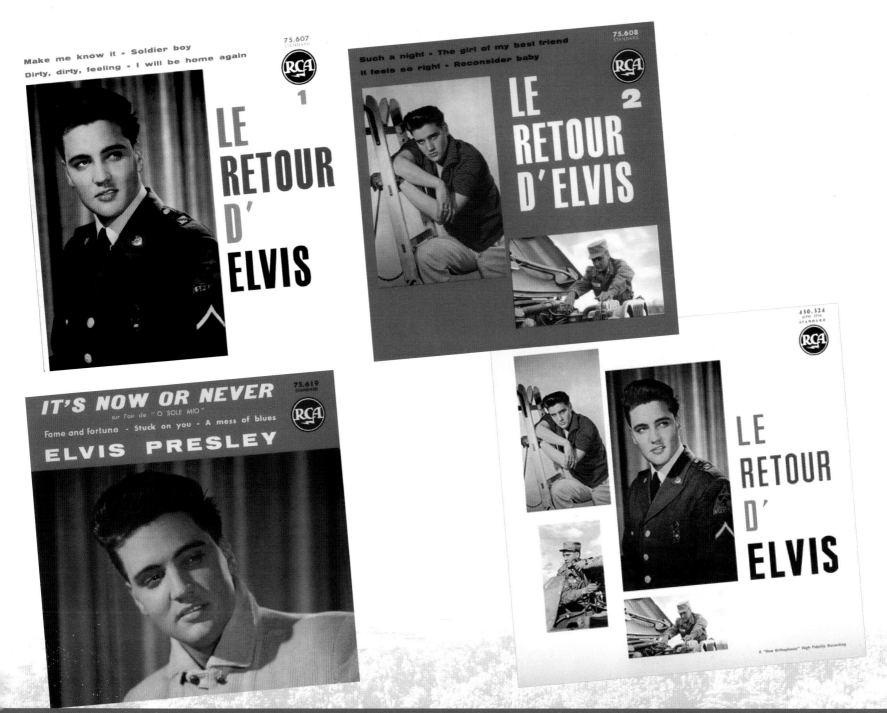

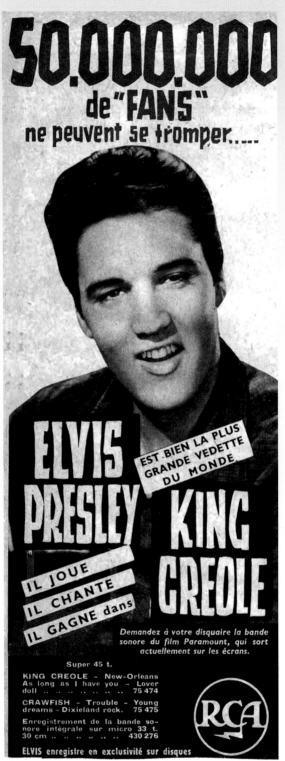

Dès son retour à la vie civile, son succès va s'amplifier et il n'est pas un pays au monde qui n'en soit pas touché, la France comme les autres. Tout juste de retour, il va frapper fort en alignant n°1 sur n°1. L'album *Elvis Is Back* se verra même attribuer, en mai 60, une identité bien française avec pour titre *Le retour d'Elvis*. Vite épuisée, la seconde édition reprendra la couverture et le titre originaux. Il en sera extrait deux 45 tours. La couleur était annoncée !

En septembre 1960, *It's Now Or Never* bat tous les records et plus d'un million d'exemplaires sera vendu chez nous. Commentaire de la presse : "O Sole Mio continue sa brillante carrière et va, peut-être, battre le record de France de la vente de disques". Là encore, la première pochette du 4 titres, partie en moins de temps qu'il ne faut pour le dire, fera l'objet d'une nouvelle édition dans la foulée.

Comme pour enfoncer le clou, le 3 mai avait vu la sortie au Paramount Opéra du film *King Creole – Bagarres au King Creole*. En fait, les bagarres n'avaient pas lieu uniquement à l'écran, mais aussi avec les forces de l'ordre dans la salle et aux abords. Ces dernières auront un mal fou à contenir l'enthousiasme des fans. Ce sera l'un des seuls films du King que la critique n'éreintera pas. Le réalisateur Yves Boisset dans la revue *Cinéma 60* : "*King Créole*, dynamique et souvent ironique histoire de blousons noirs à la Nouvelle-Orléans, est sans conteste le meilleur film dans lequel il ne se soit jamais produit". *La Revue du cinéma* : "De plus, le charme et le talent certain du jeune Elvis Presley donnent de la densité à son rôle".

As soon as he returns to civilian life, his success will increase and there is not a country in the world that is not affected, France like the others. Right off the bat, he will strike hard through consecutive No. 1 hit after No. 1 hit. In May 1960, the *Elvis Is Back* album was even given a very French identity with the title *Le retour d'Elvis*. Quickly out of print, the second edition will stick to the original title and cover. Two subsequent EPs from the LP will be released.

In September 1960, *It's Now Or Never* broke all records and more than a million copies were sold in France. Press comment: "O Sole Mio pursues his brilliant career and will, perhaps, break the French record for record sales". Here again, the first cover of the EP, which was sold out in less time than it takes to say it, will be reissued right after.

As if to hammer it in, on May 3 the movie *King Creole* was released at the Paramount Opéra. In fact, the fights were not only on screen, but also with the police in and around the theater. The latter will have a hard time containing the fans' enthusiasm. It will be one of the King's only movies without any grueling criticism. Film director Yves Boisset in *Cinéma 60*: "*King Creole*, a dynamic and often ironic story of young rebels in New Orleans, is undoubtedly the best movie in which he has ever appeared". *La Revue du Cinéma*: "In addition, the charm and definite talent of the young Elvis Presley give density to his role".

Le 28 septembre aura lieu la sortie du film *Jailhouse Rock – Le rock du bagne* au cinéma Le Mac Mahon à Paris. Devant l'affluence, les responsables du cinéma sont très vite débordés et ce qui, au départ ne provoqua que quelques mouvements bon enfant, va tourner très vite à l'émeute. En quelques minutes, le quartier s'enflamme et des renforts de police sont appelés à la rescousse. Il faudra cependant plusieurs heures pour que la plus petite avenue de l'Étoile retrouve tout son calme. Les dégâts sont nombreux, et le préfet de police prend la décision d'interdire le film qui n'apparaîtra à nouveau sur les écrans que sept années plus tard. La critique ne sera pas plus tendre, décidément Elvis dérange. *L'Ufoleis*, revue mensuelle de la Ligue de l'enseignement : "On reste pétrifié devant tant de niaiseries, tant de hurlements, tant de médiocrité". On mesure là à quel point le fossé est grand entre les aspirations de la jeunesse et les conceptions de certains chargés de son éducation. *Le Figaro* : "Les chanteurs interprètent un ballet en costume de bagnard, ce qui n'est pas du meilleur goût... Elvis Presley semble rêver à bien autre chose qu'à une ferme composition de son personnage". Jean Collet dans *Télérama* : "Elvis Presley, le héros, n'a pas le visage de James Dean. Il a le faciès d'une bête de proie.." Passons...

Mais il est dit que l'année 1960 aura été une année exceptionnelle pour les fans français. Même si la très grande majorité n'a pas pu voir Elvis lors de son dernier séjour, la richesse de tout ce qui précède aura pour effet de le rendre à jamais incontournable.

On September 28th, the *Jailhouse Rock* movie is released in Paris at the Mac Mahon cinema. Faced with the crowds, the people in charge of the cinema were very quickly overwhelmed and what, at the beginning, only caused a few good-natured agitation, quickly turned into a riot. Within a few minutes, the neighbourhood caught fire and police reinforcements were called to the rescue. However, it will take several hours for the smallest avenue in the Etoile neighborhood to regain its calm. The damage was extensive, and the Chief of Police decided to ban the movie, which did not appear on the screens again until seven years later. The critics will not be any more gentle, decidedly Elvis is unsettling. *Ufoleis*, the monthly review of the Ligue de l'enseignement (League for Education): "We remain petrified by so much nonsense, so much screaming, so much mediocrity". This is an indication of how wide the gap is between the aspirations of young people and the conceptions of some of those responsible for their education. *Le Figaro*: "The singers perform a ballet in convict costume, which is not in the best taste... Elvis Presley seems to be dreaming of much more than a firm composition of his character". Jean Collet in *Télérama*: "Elvis Presley, the hero, does not have the face of James Dean. He has the face of a beast of prey…" Let's move on…

But it is said that 1960 was an exceptional year for French fans. Even if the vast majority did not get the chance to see Elvis during his last stay, the wealth that precedes it will make him forever indispensable.

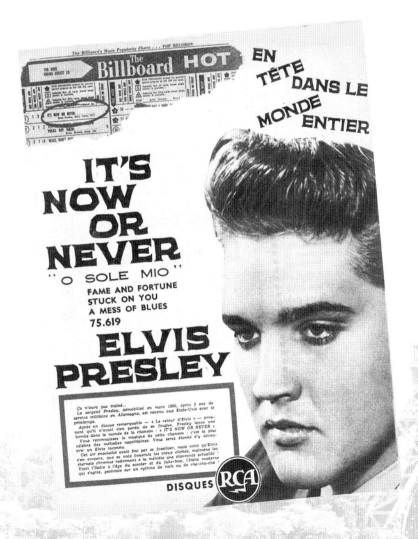

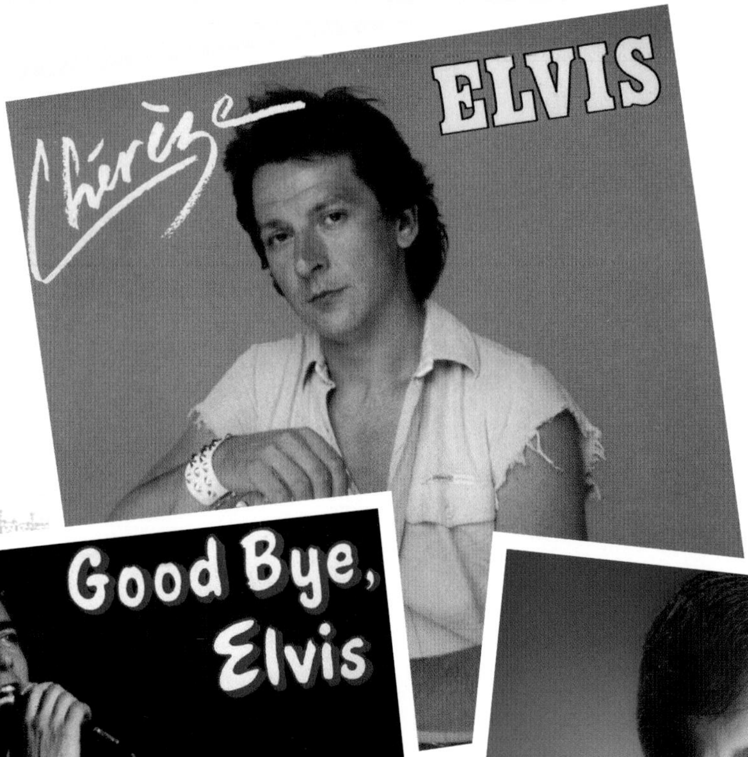

Chérie
ELVIS

Amanda
My Happiness
Lear

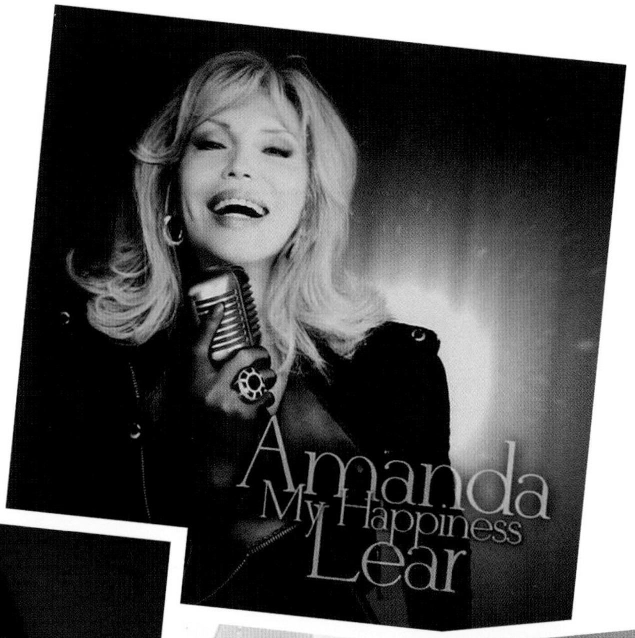

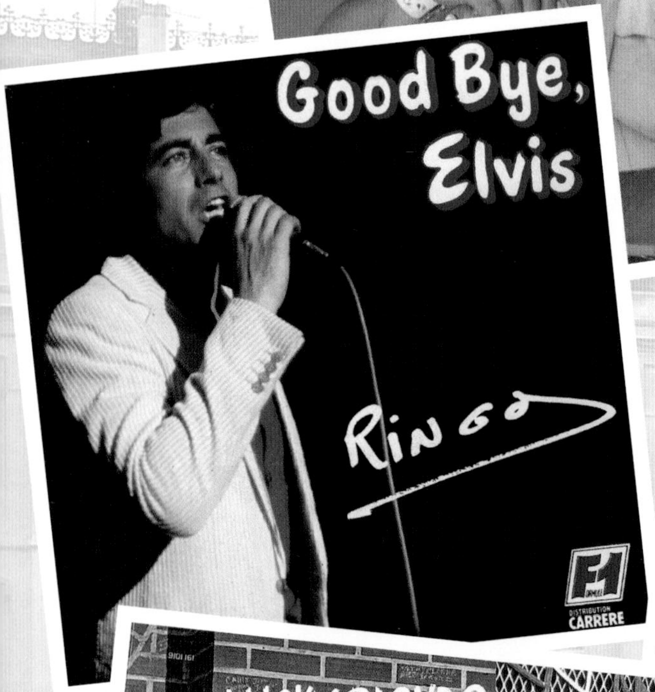

Good Bye,
Elvis
RINGO
DISTRIBUTION
CARRERE

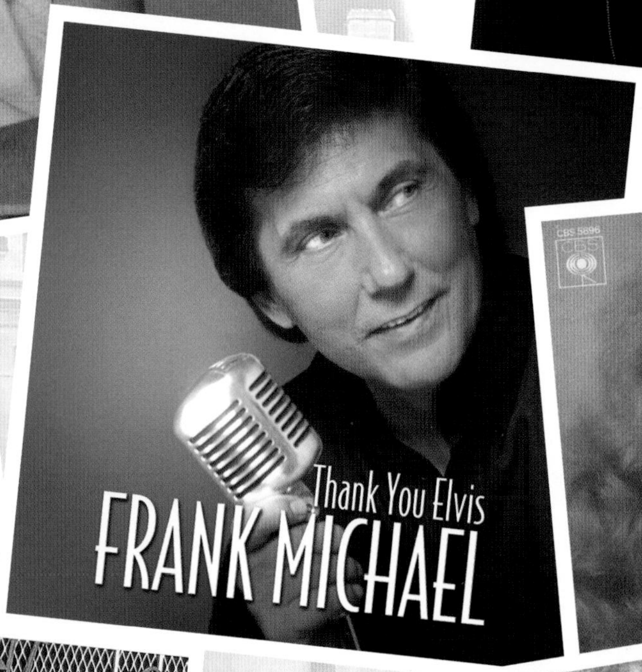

Thank You Elvis
FRANK MICHAEL

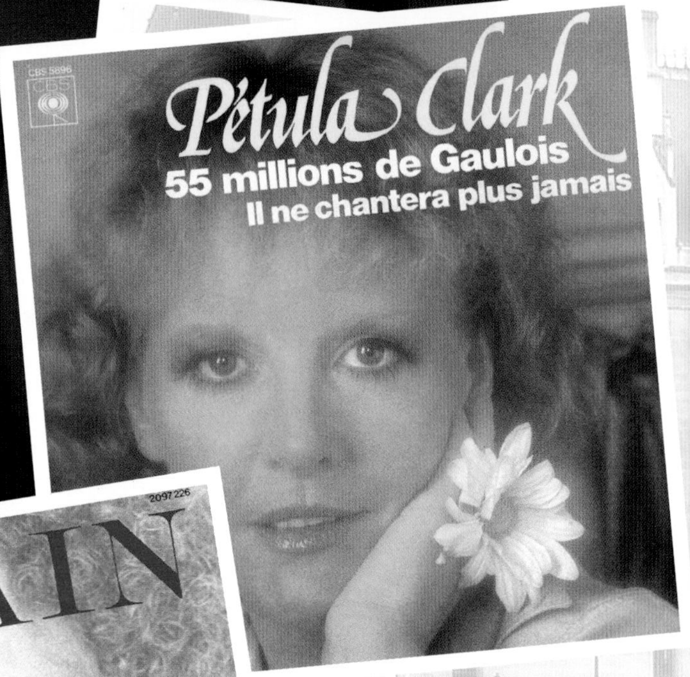

CBS 5896
Pétula Clark
55 millions de Gaulois
Il ne chantera plus jamais

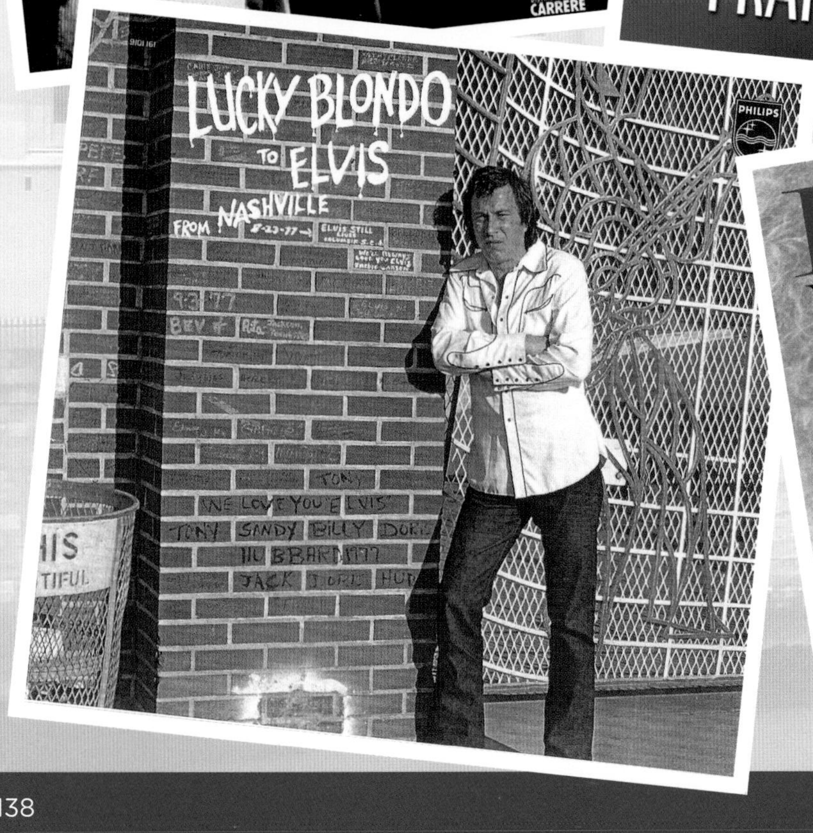

LUCKY BLONDO
TO ELVIS
FROM NASHVILLE
PHILIPS
WE LOVE YOU ELVIS

2097 226
ROMAIN
ELVIS
DISQUES
Motors

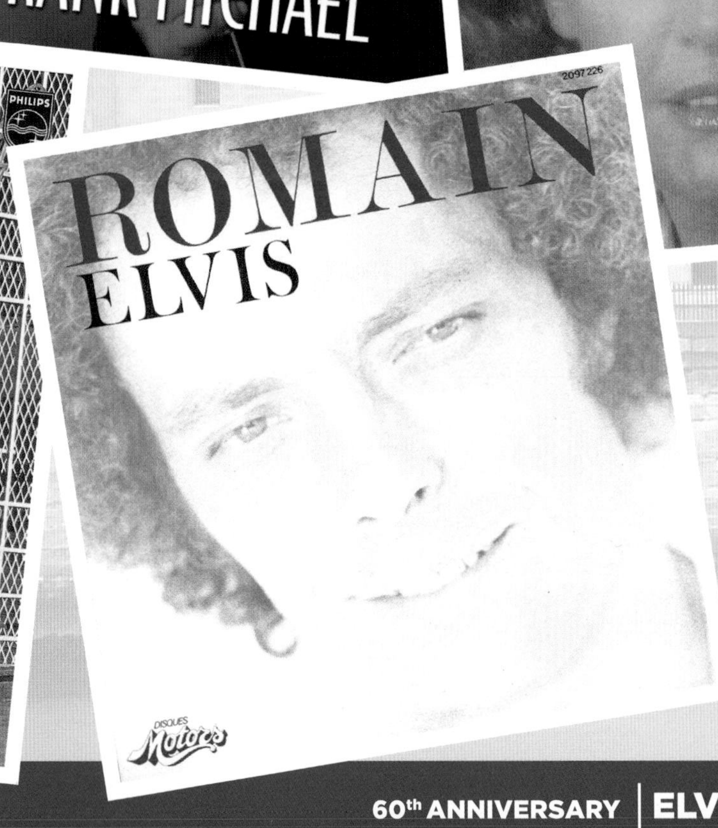

UNE IMMENSE POPULARITÉ

Incontournable. La preuve en sera donnée les mois suivants, au cours desquels se développera un phénomène jamais vu dans notre pays. Si, dès 1956, le répertoire d'Elvis a fait l'objet de très nombreuses adaptations, à partir de son retour et jusqu'à sa disparition, celui-ci va être littéralement pillé par les chanteurs français. On en totalise alors plus de 400. Deux cent cinquante d'entre elles seront regroupées en 2002 dans un coffret de dix CD intitulé *Elvis Made in France*. On note par exemple que *Can't Help Falling In Love* fait l'objet de pas moins de cinq textes différents, tout comme *Love Me Tender*, alors que *His Latest Flame* et *Good Luck Charm* ont été reprises par au moins cinq interprètes.

Dès 1961, toute une génération de jeunes chanteurs et de groupes qui se réclament d'Elvis va éclater au grand jour. Ils ont pour nom Johnny Hallyday, Dick Rivers, Danny Boy, Billy Bridge, Les Chaussettes Noires, Les Chats Sauvages, Les Pirates, Les Champions… Et tant d'autres, de tous âges et tous horizons : Petula Clark, Tino Rossi, Luis Mariano, Nana Mouskouri, Henri Salvador… Certains lui consacreront des albums entiers, à l'image de Lucky Blondo, Frank Michael ou Amanda Lear.

AN IMMENSE POPULARITY

Indispensable. The proof will be given in the following months, during which a phenomenon never seen before in France will develop. Although, as soon as 1956, his repertoire was the subject of many adaptations, from his return until his death, it was literally looted by French singers. There were more than 400 of them. Two hundred and fifty of them will be grouped together in 2002 in a ten CD box set entitled, *Elvis Made in France*. For example, *Can't Help Falling In Love* is adapted with no less than five different lyrics, as is *Love Me Tender*, while *His Latest Flame* and *Good Luck Charm* have been covered by at least five performers.

Since 1961, a whole generation of young singers and groups, who claim to be Elvis' followers, burst into the open. Their names are Johnny Hallyday, Dick Rivers, Danny Boy, Billy Bridge, Les Chaussettes Noires, Les Chats Sauvages, Les Pirates, Les Champions… and many others, of all generations, of all horizons, Petula Clark, Tino Rossi, Luis Mariano, Nana Mouskouri, Henri Salvador… Some of them will devote entire albums to him, like Lucky Blondo, Frank Michael or Amanda Lear.

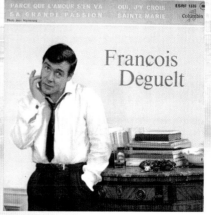

Ils lui resteront fidèles, au point de lui dédier près d'une trentaine de chansons hommages. Qu'elles s'intitulent *Good bye Elvis, Le King, Mon ami lointain, Tu manques au monde entier* ou tout simplement *Elvis…* Ainsi Petula Clark interprète *Il ne chantera plus jamais*, Eddy Mitchell *Et la voix d'Elvis*, Diane Dufresne *Chanson pour Elvis*, Johnny Hallyday *Rock and Roll man*, Pierre Bachelet *La chanson de Presley…* Elles sont le témoignage de l'immense popularité d'Elvis en France mais aussi de son influence, encore très grande de nos jours. Elvis a changé nos vies.

They remained loyal to him, to the point of dedicating nearly thirty tribute songs to him. Whether they are entitled *Goodbye Elvis, Le King, Mon ami lointain (My distant friend), Tu manques au monde entier (The whole world misses you)* or simply *Elvis…* Thus Petula Clark interprets, *Il ne chantera plus jamais (He will never sing again)*, Eddy Mitchell, *Et la voix d'Elvis (And the voice of Elvis)*, Diane Dufresne, *Chanson pour Elvis (Song for Elvis)* Johnny Hallyday, *Rock and Roll man*, Pierre Bachelet, *La chanson de Presley (The Song of Presley)…* They are the testimony, not only to Elvis' huge popularity in France, but also to his influence which still remains very large today. Elvis changed our lives.

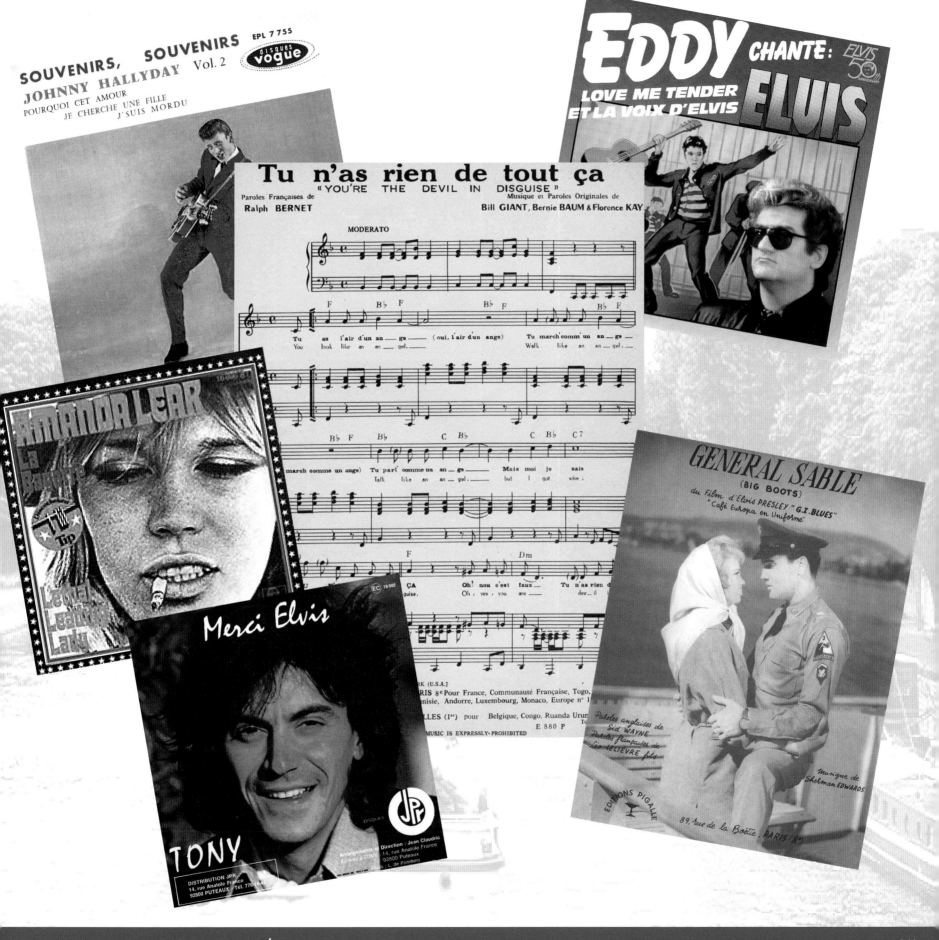

LE PHÉNOMÈNE S'AMPLIFIE

THE PHENOMENON AMPLIFIES

Bien que la période films ne fasse pas toujours l'unanimité, ce n'est pas pour autant que le noyau le plus dur des fans s'éloignera de lui. Ainsi *G.I. Blues – Café Europa en Uniforme –*, *Flaming Star – Les rôdeurs de la plaine –*, *Blue Hawaii – Sous le ciel bleu d'Hawaï –*, seront ceux qui obtiendront le plus de succès. D'autres à l'image de *Follow That Dream – Le Shérif de ces dames –*, *Girls! Girls! Girls! – Des filles encore des filles –*, ou *Fun in Acapulco – L'Idole d'Acapulco –*, s'offriront des scores corrects. En revanche, les enregistrements studio rencontreront toujours la même audience. Pour exemple, des titres comme *Memphis Tennessee*, *Devil In Disguise* ou encore les titres phares de films, *Return To Sender*, *One Broken Heart For Sale*, *Bossa Nova Baby*, *Viva Las Vegas* seront autant de succès, avec un regain toutefois sur la fin des années 60 avec *Big Boss Man* ou *Guitar Man*… Les enregistrements à l'American Studios et le retour à la scène seront alors un nouveau détonateur qui ne fera qu'amplifier le phénomène.

Although his big screen period is not always unanimously accepted, it does not make the hardcore fans leave him. So if *G. I. Blues, Flaming Star, Blue Hawaii* will be those who will obtain the most success, others like *Follow That Dream, Girls! Girls! Girls*, or *Fun in Acapulco*… will tally decent scores. On the other hand, studio recordings will always capture the same audience. For example, titles such as *Memphis Tennessee, Devil In Disguise*… or the main titles of movies, *Return To Sender, One Broken Heart For Sale, Bossa Nova Baby, Viva Las Vegas*… will be as successful, with a revival in the late 60s with *Big Boss Man* or *Guitar Man*… The recordings at the American Studios and the return to the stage will then be a new detonator that will only amplify the phenomenon.

NOTRE IMAGE DU PASSÉ

Presley incognito à Paris

C'était le 18 juin 1959, le sergent Elvis Presley était venu pour huit jours à Paris. « M. Rock and Roll » voulait flâner dans les rues incognito. Un rêve difficile à réaliser quand on vient de terminer « King Creole » et que les jeunes filles du monde entier ne pense qu'à vous après « Love me Tender » ou « Le Rock du bagne ». En vrais professionnelles, les Blue Belle Girls auront été les seules à ne pas détourner le regard... Elvis quittera l'uniforme le 1er mars 1960 et retrouvera les écrans avec une trentaine de films médiocres mais plus fastueux les uns que les autres. Il tourne en s'ennuyant « GI's Blues » et « L'Idole d'Acapulco » et « Kid Galahad ». Il faudra attendre l'arrivée des Beatles et de Dylan pour que le King remonte sur scène et récupère son trône. « Les enfants du rock » (A2, vendredi 23 h 35), nous offre une occasion de retrouver Elvis interprétant près de vingt chansons.

ELVIS IS GOLD

MIDEM 80 - CANNES - Un nouveau disque d'or pour le King.
Une fois encore, le nouveau rendez-vous d'ELVIS PRESLEY avec le succès, est une réussite complète : 170.000 exemplaires de "Rendez-vous avec ELVIS" vendus à ce jour. Les plus belles chansons d'amour du King, plébiscitées par le public français... Un rendez-vous à ne pas manquer.

Elvis va ainsi s'installer définitivement dans le temps jusqu'à devenir intemporel. S'il en faut une preuve, il suffit de consulter sa discographie qui, dans un ouvrage paru chez nous en 2002, recense plus de 1.300 références disques différentes. Une décennie plus tard, on imagine aisément que ce chiffre a probablement dépassé les 1.500, ce qui constitue un véritable record. Selon une étude sérieuse, il en découlait à l'époque que les ventes représentaient alors plus de cinquante millions d'exemplaires, ce qui plaçait Elvis dans le peloton de tête des ventes en France.

Elvis will thereby settle permanently in time until he becomes timeless. If proof were needed, one would only need to consult his French discography, which was the subject of a book in 2002, which included more than 1,300 distinct record references. It is easy to imagine that over a decade later, this number has probably grown to over 1,500, which is record breaking. At the time, after a serious study, it appeared that over fifty million copies were sold, which placed Elvis among the top record sales leaders in France.

"O SOLE MIO" continue sa brillante carrière et va, peut-être, battre le record de France de la vente de disques.

Il fallait s'y attendre : « Singing in the rain » repris par Sheila B. Devotion vient se classer derrière trois inamovibles : Santa Esmeralda, Presley, Jean-Michel Jarre. Autres « nouveaux » dans le peloton de tête des 33 tours, « Hollywood » de Véronique Sanson, « Au-delà des rêves » de Gérard Lenorman, et « Raconte-moi des mensonges » de Dave.

Variétés 33 tours (1er-31 octobre)

1. Don't let me misunderstood - Santa Esmeralda (Philips-Phonogram).
2. Elvis forever - Elvis Presley (R.C.A.).
3. Oxygène - Jean-Michel Jarre (Polydor-Motors).
4. Singing in the rain - Seihla B. Dévotion (Carrère).
5. Love you live - Rollings Stones (W.E.A.).
6. Moody Blue - Elvis Presley (R.C.A.).
7. Hollywood - Véronique Sanson (C.B.S.).
   Au-delà des rêves - Gérard Lenorman (C.B.S.)
   ...des mensonges - Dave (C.B.S.).

1	(3)	**MEMPHIS TENNESSE** par Elvis Presley
2	(—)	**19TH NERVOUS BREAKDOWN** par Les Rolling Stones (RCA 430 685) (Decca 457 104)
3	(13)	**BYE BYE BIRD** par Les Moody Blues (Decca 457 098)
4	(—)	**LES ELUCUBRATIONS** par Antoine (Vogue 8 417)
5	(1)	MY GENERATION par Les Who (Decca 60 002)
6	(6)	BABY BLUE par Gene Vincent (Columbia 269)
7	(8)	KEEP ON RUNNING par Le Spencer Davis Group (Fontana 465 297)
8	(10)	JAILHOUSE ROCK Par Elvis Presley (RCA 86 298)
9	(22)	**LA GUERRE** par Antoine (Vogue 8 401)
10	(—)	**SUBSTITUTE** par Les Who (Polydor 421 105)
11	(4)	DAY TRIPPER par Les Beatles (Odéon 103)
12	(2)	GET OFF OF MY CLOUD par Les Rolling Stones (Decca 457 092)

DISQUE DE PLATINE

DISQUE DE PLATINE CERTIFIÉ PAR LE SYNDICAT NATIONAL DE L'ÉDITION PHONOGRAPHIQUE ET AUDIOVISUELLE (SNEPA) POUR UNE VENTE EN FRANCE SUPÉRIEURE A 400.000 EXEMPLAIRES.

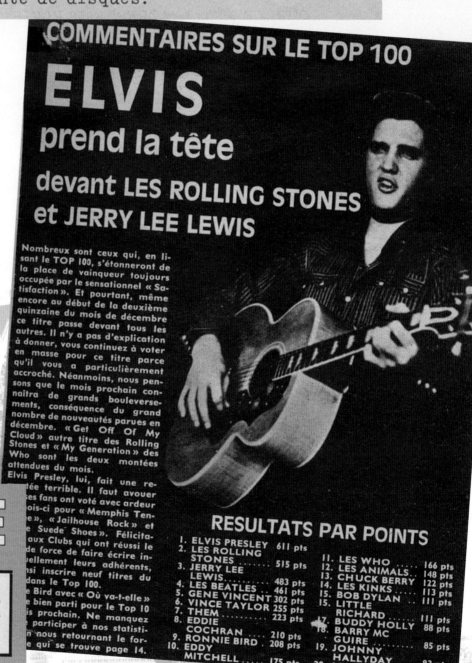

COMMENTAIRES SUR LE TOP 100

ELVIS prend la tête
devant LES ROLLING STONES et JERRY LEE LEWIS

Nombreux sont ceux qui, en lisant le TOP 100, s'étonneront de la place de vainqueur toujours occupée par le sensationnel « Satisfaction ». Et pourtant, même encore au début de la deuxième quinzaine du mois de décembre ce titre passe devant tous les autres. Il n'y a pas d'explication à donner, vous continuez à voter en masse pour ce titre parce qu'il vous a particulièrement accroché. Néanmoins, nous pensons que le mois prochain connaîtra de grands bouleversements, conséquence du grand nombre de nouveautés parues en décembre. « Get Off Of My Cloud » autre titre des Rolling Stones et « My Generation » des Who sont les deux montées attendues du mois.

Elvis Presley, lui, fait une remontée terrible. Il faut avouer [que se]s fans ont voté avec ardeur [cette f]ois-ci « Memphis Ten[ness]e », « Jailhouse Rock » et [« Blue] Suede Shoes ». Félicita[tions] aux Clubs qui ont réussi le [tour] de force de faire écrire in[dividu]ellement leurs adhérents, [ai]nsi inscrire neuf titres du [...] dans le Top 100.

[Bye] Bird avec « Où va-t-elle » [... est] bien parti pour le Top 10 [du moi]s prochain. Ne manquez [pas de] participer à nos statisti[ques, e]n nous retournant le for[mulaire] qui se trouve page 14.

RESULTATS PAR POINTS

1.	ELVIS PRESLEY	611 pts		
2.	LES ROLLING STONES	515 pts	11. LES WHO	166 pts
3.	JERRY LEE LEWIS	483 pts	12. LES ANIMALS	148 pts
4.	LES BEATLES	461 pts	13. CHUCK BERRY	122 pts
5.	GENE VINCENT	302 pts	14. LES KINKS	113 pts
6.	VINCE TAYLOR	255 pts	15. BOB DYLAN	111 pts
7.	THEM	223 pts	15. LITTLE RICHARD	111 pts
8.	EDDIE COCHRAN	210 pts	17. BUDDY HOLLY	88 pts
9.	RONNIE BIRD	208 pts	18. BARRY MC GUIRE	85 pts
10.	EDDY MITCHELL	175 pts	19. JOHNNY HALLYDAY	83 pts
			20. LES BYRDS	76 pts

Là encore, ce chiffre a depuis considérablement évolué, confirmé par la remise de disques d'Or, à l'image du *30 # 1 Hits*. Et ces dernières années, Elvis a continué à être présent en permanence dans les bacs. Il en sera de même, par exemple, pour les coffrets DVD *'68 Comeback* et *Aloha From Hawaii*, qui se verront décerner des disques de platine. En vérité, il en a été toujours ainsi tout au long des années. RCA, en 1985, a remis à Graceland par l'intermédiaire de Mort Shuman un disque d'Or exceptionnel pour la vente de six millions d'albums. Après la disparition d'Elvis on a vu ainsi le double album *Elvis Forever* se vendre à plus de deux millions et même un album dit mineur comme le *C'mon Everybody*, être disque de platine. Il ne faudrait pas oublier pour autant les éditions parues sur d'autres labels, Dial, Impact, Atlas ou K-Tel qui réaliseront des ventes absolument remarquables.

Here again, this figure has since changed considerably, confirmed by the award of gold record, such as the *30 # 1 Hits*, Elvis has continued to be permanently present on the shelves. The same will apply, for instance, to the *'68 Comeback* and *Aloha From Hawaii* DVD sets, which will be awarded platinum records. The truth is it has always been that way over the years. In 1985, RCA, through Mort Shuman, gave Graceland an exceptional gold record for the sale of six million albums. After Elvis' death, we saw the double album *Elvis Forever* sell for more than two million and even a so-called minor album like *C'mon Everybody*, being a platinum record. However, we should not forget the editions published on other labels, Dial, Impact, Atlas or K-Tel… which will achieve absolutely remarkable sales.

Mais il est un autre domaine où l'on mesure la popularité d'une personnalité, ce sont les écrits dont elle fait l'objet. On peut s'apercevoir que la production d'ouvrages sur Elvis en France atteint, là encore, des sommets. Ne parlons pas des milliers de pages écrites par Elvis My Happiness qui, associées aux livres de Jean-Marie Pouzenc, représentent déjà une somme considérable. La liste des livres de tous styles parus dans notre pays est impressionnante puisqu'elle représente près de 150 éditions différentes !

Tout cela sans compter les dizaines de couvertures de magazines, les pages de publicité, l'utilisation de son image, de sa musique. Il fera même l'objet de pièces de théâtre.

La sortie en France du film *That's The Way It Is* a été un révélateur pour toute une nouvelle génération, d'autant qu'elle avait été précédée de chansons qui avaient remporté un vif succès, à l'image de *In The Ghetto* et *Suspicious Minds* qui avait atteint la première place du classement. Dès lors, les fans n'auront qu'une obsession : voir le King sur scène ! Si quelques-uns s'offrirent le voyage à Las Vegas, la grande majorité en fut cependant privée. À partir de là, le moindre entrefilet dans la presse concernant une éventuelle venue prendra des dimensions absolument délirantes, à la hauteur d'un rêve semblant jusque-là inaccessible. C'est ainsi qu'en 1972, l'annonce était reprise par plusieurs journaux : "Presley à Paris ? …Cette fois-ci, bien que rien ne soit encore officiel, tout semble plus concret. En effet, Ivan Helman, manager de Charles Aznavour, a obtenu l'accord de principe du Colonel Parker, célèbre impresario de Presley. Aucun contrat n'a été officiellement signé, mais Elvis Presley consentirait à donner deux concerts à Paris pour le cachet de 300.000 dollars (150 millions d'anciens francs)…". Une date et un lieu étaient par ailleurs annoncés : "Il se produira deux fois, le soir du 27 mai prochain, sur la pelouse du stade de Colombes…". Hélas, l'espoir sera vite déçu et Elvis ne reviendra jamais dans notre capitale. Quarante ans plus tard, en 2012, ce rêve impossible donnera l'idée à l'auteur de ce livre d'écrire un roman intitulé *Le jour où Elvis a chanté à Paris*, dans lequel il mettait en exergue ce lien si particulier qui lie Elvis à ses fans français.

But there is another area where we measure the popularity of a personality — it's the writings of which it is the subject. And here we notice that the production of books on Elvis in France is reaching new heights. Let's not linger on the thousands of pages written by Elvis, My Happiness, which, combined with Jean-Marie Pouzenc's books already represent a considerable sum. The list of books of all styles published in France is impressive since it represents nearly 150 different editions!

Not to mention the dozens of magazine covers, advertising pages, the use of his image, his music. He will even be the subject of theatre plays.

The release in France of the movie *That's The Way It Is* was a big reveal for a whole new generation, especially since it was preceded by songs that had been a great success, such as *In The Ghetto* and *Suspicious Minds*, which had reached first place in the charts. From then on, fans will have only one obsession: to see the King on stage! While a few paid for the trip to Las Vegas, the vast majority were deprived of it. From then on, the slightest glimpse in the press of a possible visit will take on absolutely insane dimensions, akin a dream that until then seemed inaccessible. Thereby, in 1972, the announcement was covered by several newspapers: "Presley in Paris? … This time, although nothing is official yet, everything seems more solid. Indeed, Ivan Helman, Charles Aznavour's manager, obtained the agreement in principle of Colonel Parker, Presley's famous impresario. No contract has been officially signed, but Elvis Presley would have agreed to give two concerts in Paris for a 300,000 dollars fee…" Moreover, a date and a venue were announced: "He will perform twice, on the evening of the coming May 27th, on the lawn of the Colombes stadium…" Unfortunately, hope will soon turn to disappointment and Elvis will never return to Paris. However, forty years later, in 2012, this impossible dream gave the author of this book the idea of writing a novel entitled, *Le jour où Elvis a chanté à Paris (The day Elvis sang in Paris)*, in which was highlighted this very special link between Elvis and his French fans.

HIT-PARADE DU DISQUE
Elvis partout

Sur les dix premiers albums du classement des ventes des 30 cm en septembre, cinq sont des enregistrements d'Elvis Presley. Tous ses admirateurs ont voulu avoir chez eux le seul souvenir vivant qui reste de l'idole du rock : ses chansons. Ce qui explique ce succès inouï qui ne fait pas oublier la présence en tête de « Don't let me be misunderstood », un classique mis à la mode gitane par le groupe Santa Esmeralda, « Oxygène », de Jean-Michel Jarre, toujours là, un nouveau Rolling Stones, « Love you live » et deux anciennes connaissances « Magic Fly », par Space et « Hotel California », des Eagles.

Meilleures ventes variétés 33 tours
Du 1er au 30 septembre 1977

1. Don't let me be misunderstood .... Santa Esmeralda (Philips/Phonogram)
2. Elvis Forever .... Elvis Presley (RCA)
3. Oxygène .... Jean-Michel Jarre (Polydor/Motors)
4. Moody blue .... Elvis Presley (RCA)
5. Love you live .... Rolling Stones (WEA)
6. Disque d'or 3 .... Elvis Presley (RCA)
7. Magic fly .... Space (Vogue)
8. Hôtel California .... Eagles (WEA)
9. Disque d'or 1 .... Elvis Presley (RCA)
10. Disque d'or 2 .... Elvis Presley (RCA)

EUROPE 1 HIT PARADE avec les copains

Classement des chansons de langue étrangère

1 YOU DON'T HAVE TO SAY YOU LOVE ME Elvis Presley	(4)	9 SAD LISA Cat Stevens	(-) 18 ALLRIGHT IN THE Dunn and McCasl
2 WILD WORLD Cat Stevens	(3)	10 PROUD MARY Ike and Tina Turner	(25) 19 BABY JUMP Mungo Jerry
3 MY SWEET LORD George Harrison	(1)	11 NINE BY NINE John Dummer	(-) 20 RAINBOW New Inspiration
4 GOD John Lennon		12 HERE COMES THE SUN Richie Havens	(8) 21 CELIA OF THE Donovan
5 CRY ME A RIVER Joe Cocker		13 POETAS ANDALUCES Aguaviva	(20) 22 HOLD ON YOU'VE GOT Bill and Buster
6 MELANCHOLY MAN Moody Blues	(5)	14 THE FROG Donato	(19) 23 FREE Chicago
7 SHE'S A LADY Tom Jones		15 WHOLE LOTTA LOVE C.C.S.	(16) 24 LOVE SONG Elton John
8 HEY TONIGHT Creedence Clearwater Revival	(16)	16 NO MATTER WHAT Badfinger	(18) 25 SCHWABADABA DING Dan and Jon
		17 LONELY DAYS Bee Gees	

45 t

1	SUSPICIOUS MINDS Elvis Presley-RCA 9764		10	10
2	SUGAR SUGAR Archies-Calendar 1008		1	6
3	I CAN'T GET NEXT TO YOU Temptations-Gordy 7093		2	3
4	WEDDING BELL BLUES Fifth Dimension-Soul City 779		5	8
5	LITTLE WOMAN Bobby Sherman-Metromedia 121		10	28
6	HOT FUN IN THE SUMMERTIME Sly & Family Stone-Epic 10497		3	1
7	I'M GONNA MAKE YOU MINE Lou Christie-Buddah 116		9	11
8	BABY IT'S YOU Smith-Dunhill 4206		8	10
9	TRACY Cuff-Links-Decca 32533		12	18
10	THAT'S THE WAY LOVE IS Marvin Gaye-Tamla 54185		14	14

À partir du début des années 90, à l'initiative du fan-club Elvis My Happiness, les hommages vont se multiplier en mettant avant tout à l'honneur ses musiciens et choristes. Ils passeront tous, à de nombreuses reprises, par la capitale et la province, à commencer par les premiers d'entre tous, Scotty Moore et D.J. Fontana. Ils se retrouvent même pour le 10ᵉ anniversaire du club, avec Jerry Scheff et Glen Hardin : une réunion des années 50 et 70 qui restera unique.

On retrouvera ainsi à Paris J.D. Sumner and The Stamps, les Imperials, le TCB Band, les Memphis Boys, Les Sweet Inspirations, les Holladay Sisters, Joe Guercio, Carol Montgomery, Duke Bardwell, Jerome "Stump" Monroe, le James Burton Band… Le club aura même l'extrême honneur d'organiser, le 30 mars 1996, le dernier concert en Europe du grand Carl Perkins.

Mais ce n'est pas tout, puisqu'*Elvis The Concert*, spectacle exceptionnel et unique, offert à aucun autre artiste, passera entre 2000 et 2012 à cinq reprises par Paris dans les plus grandes salles, Bercy, le Palais des Sports et le Zénith. À l'occasion de tous ces événements, musiciens, choristes et proches d'Elvis ne manqueront jamais d'opérer un passage par La Boutique Elvis My Happiness.

Since the early 90s, at the initiative of the Elvis My Happiness fan club, tributes multiply honoring above all his musicians and backing singers. They all came, on many occasions, through the French capital and other cities, starting with the first of them, Scotty Moore and D. J. Fontana, who will even meet for the club's tenth anniversary, with Jerry Scheff and Glen Hardin: a gathering of the 1950s and 1970s that will remain unique.

And so, we will find in Paris, J. D. Sumner and The Stamps, the Imperials, the TCB Band, the Memphis Boys, the Sweet Inspirations, the Holladay Sisters, Joe Guercio, Carol Montgomery, Duke Bardwell, Jerome "Stump" Monroe, the James Burton Band… and the club will even have the extreme honor of organising, on March 30, 1996, the last concert in Europe by the great Carl Perkins.

But that's not all, since *Elvis The Concert*, an exceptional and unique show, offered to no other artist, will be performed five times in Paris between 2000 and 2012 in the largest venues, Bercy, the Palais des Sports and the Zénith. During all these events, Elvis' musicians, backing singers and friends will never fail to make a stop by the store Elvis My Happiness.

LE 50ᴱᴹᴱ ANNIVERSAIRE D'ELVIS À PARIS

Le 13 juin 2009, Elvis My Happiness commémorait à Paris le 50ᵉ anniversaire de la venue d'Elvis dans notre capitale. Le *Prince de Galles* avait alors gardé tout ce qui faisait son charme cinquante ans plus tôt. Ainsi la façade, tout comme le patio intérieur et le salon où avait eu lieu la conférence de presse du King, le 17 juin 1959, étaient restés pratiquement inchangés. À événement exceptionnel, invité exceptionnel, c'est ainsi que Joe Esposito s'est retrouvé plongé dans l'ambiance de l'époque en donnant à son tour une conférence, dans le même salon et devant une salle comble. On imagine alors l'émotion ressentie par Joe au cours de ces quelques heures passées là où tant de souvenirs le liaient à Elvis. C'est avec beaucoup de gentillesse qu'il répondit au flot de questions qui lui étaient posées. Ses souvenirs étaient restés intacts : "Je suis heureux d'être ici où j'ai conservé de grands souvenirs et de me trouver dans le même hôtel où nous étions descendus en janvier 1960, avec Elvis. Cette première fois fut une expérience extraordinaire pour moi. Oui, c'était la première fois que je venais à Paris et la première fois que je quittais la base militaire avec Elvis pour nous rendre dans une grande ville comme celle-ci. Être dans l'entourage d'Elvis, en ville, se promener dans les rues, voir des centaines de personnes nous pourchasser en quête d'autographes, fut une merveilleuse expérience et je me souviendrai toute ma vie de cette semaine".

ELVIS' 50ᵀᴴ ANNIVERSARY IN PARIS

On June 13, 2009, Elvis My Happiness commemorated in Paris the 50th anniversary of Elvis' visit to the Capital. The *Prince de Galles* had kept everything that made it charming fifty years earlier. Thus, the facade, as well as the interior patio and the lounge where the King's press conference took place on 17 June 1959, had remained practically unchanged. For a spectacular event, an exceptional guest, and that's how Joe Esposito found himself immersed in the atmosphere of the time by giving, in turn, a conference in the same lounge and in front of a packed room. One can imagine the emotion Joe felt during those few hours spent in the very place where so many memories linked him to Elvis. It was with great kindness that he answered the steady flow of questions sent his way, his memories had remained intact: "I'm so happy to be here where I've made many fond memories and to be back in the same hotel we stayed at with Elvis in January 1960. This first time was an extraordinary experience for me. Yes, it was my first time in Paris and the first time I left the military base with Elvis to go to a big city like this. Being in Elvis' entourage, in the city, strolling down the streets, seeing hundreds of people chasing us in pursuit of autographs, was a wonderful experience and I will remember that week all my life".

"C'était en janvier 1960. Mais Elvis était venu en juin 1959 et je n'étais pas avec lui durant ce séjour. C'était la première fois qu'il était ici et la plupart des photos du livre de Jean-Marie ont été prises alors. À la fin du livre, vous voyez des photos de janvier 60. J'étais avec lui pour les séances de karaté. En fait, je l'accompagnais lorsqu'il a d'abord rencontré l'instructeur de karaté, mais je n'ai pas assisté aux leçons qu'il a reçues.

Nous sortions toutes les nuits quand nous étions à Paris, toutes les nuits ! [rires] Nous allions assister à différents shows, tous des spectacles super et nous prolongions avec les gens du show après la fin du spectacle. Ce fut une expérience extraordinaire avec le Golden Gate Quartet. Elvis les aimait car il aimait la musique gospel et il fut ravi de les rencontrer car, eux aussi, étaient célèbres. J'aurais aimé avoir un appareil photo avec moi pour prendre plein de clichés, mais je ne voulais pas ennuyer Elvis et je n'ai donc pris aucune photo".

À la question de savoir s'il avait une ou deux anecdotes particulières à nous raconter, il resta évasif : "Je ne peux pas vous raconter des anecdotes pas encore connues, car ce sont des histoires privées et elles s'en iront pour toujours avec moi. [rires] Mais il reste cette expérience d'avoir rencontré cette très jeune femme… quel était son nom ?… Ah ! Oui, Line Renaud, une femme merveilleuse. Nous avons passé un très bon moment à regarder son show. Elvis appréciait les bons artistes, les bons chanteurs et tous les artistes que nous avons vus au Lido. Nous avons aussi rencontré toutes les magnifiques "showgirls" et ça c'était fameux ! [rires]".

"That was in January 1960. But Elvis had come in June 1959 and I was not with him during that stay. It was his first time here and most of the pictures in Jean-Marie's book were taken then. At the end of the book, you see pictures from January 1960. I was with him for the karate sessions. In fact, I accompanied him when he first met the karate instructor, but I did not attend the lessons he received.

We used to go out every night when we were in Paris, every night! [laughs] We would go to various shows, all great performances, and we would continue the night with the artists after their show was over. It was an extraordinary experience with the Golden Gate Quartet. Elvis loved them because he loved gospel music and was delighted to meet them because they were famous as well. I would have liked to have a camera with me to take lots of pictures, but I didn't want to bother Elvis and so I didn't take any pictures".

When asked if he had a particular anecdote or two to tell us, he was evasive: "I can't tell you anecdotes that are not yet known, because they are private stories and I will take them to my grave. [laughs] But there remains the experience of meeting this very young woman… what was her name?… Ah! Yes, Line Renaud, a wonderful woman. We had a very good time watching her show. Elvis appreciated good artists, good singers and all the artists we saw at the Lido. We also met all the marvelous "showgirls" and that was something special! [laughs]".

Puis concernant son rôle auprès d'Elvis : "C'est lorsque nous sommes revenus de Paris qu'il m'a demandé de travailler pour lui. J'avais pris en charge toute l'organisation de ce voyage. Je suis le genre de gars qui s'occupe de tout, c'est très important pour moi. Apparemment, cela l'a impressionné. Donc, quand nous sommes retournés en Allemagne, il m'a demandé de travailler pour lui et c'est ainsi que toute ma vie a changé à partir de ce moment".

De nombreuses autres questions lui furent posées, celles qui turlupinent toujours les fans européens : "Pourquoi Elvis n'était-il pas venu en Europe ?" "Était-ce du fait du Colonel ?" "Il semblait pourtant qu'en 1976 un projet ait été évoqué ?". Il répondit :

"Non, cela n'avait rien à voir avec le Colonel Tom Parker. Ce n'est pas comme s'il ne pouvait pas sortir du pays. Il l'a dit souvent à différentes personnes : Je ne suis pas obligé de faire du tourisme avec Elvis, mais je peux aller où je veux, partout dans le monde. À cette époque, il n'y avait pas de grande salle couverte en Europe et Elvis ne voulait pas se produire à l'extérieur – dans un stade. En effet, lorsqu'il s'était produit au Canada, dans les années 50, il avait dit au Colonel, à la fin de la tournée : "Je ne chanterai plus jamais à l'extérieur parce que mon son et ma musique s'envolent dans les airs et les jeunes ne peuvent pas m'entendre chanter". C'est la raison pour laquelle jamais plus il ne se produisit dans une enceinte ouverte. À l'époque, si on compare avec les salles aux US, en Europe les plus grandes salles contenaient 4 000 sièges. Il n'était pas question de venir en Europe pour des concerts, ce n'était pas rentable de tourner dans des salles de 4 000 personnes. C'était ça la raison. Mais ensuite, le stade de Wembley à Londres a été couvert en 1976 ou 1977. Elvis avait planifié de venir à Londres au stade de Wembley et de rester 30 jours pour donner des concerts pendant un mois entier, car il savait que tout le monde viendrait de partout en Europe car Londres n'était pas très loin. C'était le projet qui ne fut jamais réalisé !"

Après ces retrouvailles avec le *Prince de Galles*, Joe Esposito fut l'invité d'honneur d'une soirée de gala organisée dans un haut lieu de la vie parisienne, le Petit Journal Montparnasse. Là, il fut rejoint par Nancy Holloway et Clyde Wright, le leader du Golden Gate Quartet. Line Renaud s'était excusée avec regret de ne pas pouvoir y être, car elle jouait ce soir-là au théâtre. Bien naturellement, Nancy et Clyde ne manquèrent pas de rappeler qu'ils gardaient de merveilleux souvenirs de leur rencontre avec Elvis. Clyde pose alors fièrement avec l'album *His Hand In Mine* dans lequel Elvis reprend certains des succès du Golden Gate Quartet, tout comme il l'avait fait avec *Will Be Home Again*, dans l'album *Elvis Is Back!* Cet hommage exceptionnel à Elvis est resté dans les mémoires : il avait démontré, une fois de plus, que Paris n'avait jamais oublié.

Then about his role with Elvis: "It was when we came back from Paris that he asked me to work for him. I had taken on the organization of that whole trip. I'm the kind of guy who takes care of everything, it's very important to me. Apparently, it impressed him. So when we returned to Germany, he asked me to work for him and that's how my whole life changed from that moment on".

Among the many other questions that were asked, the ones that always upset European fans: "Why didn't Elvis come to Europe?" Was it because of the Colonel?" "It seemed, however, that in 1976 a project was mentioned?". The answer:

"No, it had nothing to do with Colonel Tom Parker. It's not like he couldn't get out of the country. He said it repeatedly to different people: I don't have to go sightseeing with Elvis, but I can go wherever I want, anywhere in the world. At the time, there was no large indoor venue in Europe and Elvis didn't want to perform outside — in a stadium. Indeed, when he performed in Canada in the 1950s, he told the Colonel at the end of the tour": "I will never sing outside again because my sound and music are flying into the air and the audience can't hear me sing". That is why he never again performed in an open space. "At the time, in comparison to theatres in the US, in Europe the largest theatres contained 4,000 seats. Coming to Europe for concerts was out of the question, it was not profitable to tour in venues with 4,000 people. That was the reason. But then, the Wembley stadium in London was covered in 1976 or 77. Elvis had planned to come to London at the Wembley Stadium and stay 30 days to give concerts for a whole month, because he knew that everyone would come from all over Europe because London was not very far away. This was the project that was never completed!"

After this reunion with the *Prince de Galles*, Joe Esposito was the guest of honor at an evening gala organized in a hot spot of Parisian life, the Petit Journal Montparnasse. There, he was joined by Nancy Holloway and Clyde Wright, the leader of the Golden Gate Quartet. Line Renaud had apologized with regret for not being there, because she was playing that night at the theatre. Naturally, Nancy and Clyde recalled that they had wonderful memories of their encounter with Elvis, Clyde proudly posing with the album *His Hand In Mine*, in which Elvis covers some of the Golden Gate Quartet's greatest hits. Just like he did with *I Will Be Home Again*, on the *Elvis Is Back!* album. This exceptional tribute to Elvis has since stayed in our memories: it had demonstrated, once again, that Paris had never forgotten.

Remontaient alors les souvenirs de tous ceux qui l'avaient côtoyé au cours de ses visites et qui, lors de rencontres avec Jean-Marie Pouzenc, lui confirmaient ne l'avoir jamais oublié. Ils en parlaient avec admiration et respect. Tous se souvenaient de lui avec émotion : André Pousse qui avait bien plus tard ouvert un restaurant, Le Napoléon Chaix, où trônait à l'entrée une photo sur laquelle il posait au Moulin Rouge avec le King ; Line Renaud qui en parlait sans cesse dans ses mémoires ou dans les médias et qui l'avait revu des années plus tard à Las Vegas ; Nancy Holloway, Clyde Wright, mais aussi photographes et journalistes.

La France n'avait pas oublié, d'autant que sortait dans le même temps un timbre commémoratif décliné sous plusieurs tarifs, accompagné d'un timbre international et d'une enveloppe préaffranchie. En vérité, ce sera le seul, avec les timbres américains, à être officiel.

Le *Prince de Galles* ne l'avait pas oublié non plus et avait demandé à son auteur, en 2007, de rééditer le livre *Elvis à Paris* sous une couverture différente sur laquelle on voyait l'entrée de l'hôtel. Une édition offerte à une partie de la clientèle, qui figurait également en bonne place dans le desk de la réception avec le slogan suivant : *Live like the King at The Prince – Vivre comme le Roi chez le Prince*. En 2013, l'hôtel sera totalement rénové, mais conservera cependant son âme, tout comme le souvenir d'Elvis.

Et puis l'imaginaire aidant, certains rapporteront des rumeurs, comme quoi à cette époque on l'avait aperçu en province, ici où là, lors des différentes haltes du train le ramenant en Allemagne, à Metz… Ainsi, si l'on en croit le célèbre restaurant strasbourgeois, Maison Kammerzell, il se serait arrêté là avec ses amis pour se restaurer, en juin 1959…

The resurfacing memories of all those who had known him during his visits and who, during encounters with Jean-Marie Pouzenc, confirmed that they had never forgotten him and spoke of him with admiration and respect. All remembered him with emotion : André Pousse who much later opened a restaurant, Le Napoléon Chaix, where a photo of him posing at the Moulin Rouge with the King was enthroned at the entrance; Line Renaud who constantly talked about him in her memoirs and in the media and who had seen him again years later in Las Vegas; Nancy Holloway, Clyde Wright, but also photographers and journalists.

France had indeed not forgotten, as at the same time a commemorative stamp came out with several values, as well as an international stamp and a prepaid envelope. In truth, it will be the only one, along with US stamps, to be official.

The *Prince de Galles* had not forgotten him either and, in 2007, had asked the author to reissue the book *Elvis à Paris* under a different cover where you could see the hotel entrance. This edition was offered to a part of the clientele, and was also featured prominently at the reception desk with the following slogan: *Live like the King at The Prince*. In 2013, the hotel will be completely renovated, all the while keeping its soul, as well as Elvis' memory.

And then, with a bit of imagination, some people will report some rumors, that at the time he had been seen in the French countryside, here or there, or during the various train stops on his way back to Germany, in Metz… Thus, if we believe the famous Strasbourg restaurant, Maison Kammerzell, he would have stopped there with his friends to eat, in June 1959…

ENCORE UNE FOIS !!!

LE 9 MARS 2010

ELVIS PRESLEY EN CONCERT

NOUVELLE SÉRIE DE CONCERTS
AVEC LES MUSICIENS ORIGINAUX DU TCB BAND ET LES CHANTEURS AVEC GRAND ORCHESTRE

ZENITH de PARIS

Locations : 0 890 71 02 07*
www.ticketnet.fr, www.fnac.com,
www.nrj.fr, www.livenation.fr, Fnac
et points de vente habituels

ELVIS.COM

NOSTALGIE LA LÉGENDE

TOUJOURS PRESENT !!!

PRESLEY A PARIS ?

Chaque année circulent des rumeurs sur la venue d'Elvis Presley en Europe. Cette fois-ci, bien que rien ne soit encore officiel, tout semble plus concret. En effet, Ivan Helman, manager de Charles Aznavour, a obtenu un accord de principe du Colonel Parker, célèbre impresario de Presley. Aucun contrat n'a été officiellement signé, mais Elvis Presley consentirait à donner deux concerts à Paris pour le cachet de 300 000 dollars (150 millions d'anciens francs) à condition que ses accompagnateurs et lui-même voyagent par mer et en première classe (le chanteur ne supportant pas l'avion). Affaire à suivre...

SAINT-ELVIS

CHARLES TORDJMAN

THÉÂTRE NATIONAL DE CHAILLOT

France Inter

CINEMA

Robert CHAZAL

Elvis Show : son meilleur film

Film américain de Denis Sanders, avec Elvis Presley, ses musiciens et son public.

(EMPIRE-CINERAMA V.O.).

LES documents sur le monde de la chanson ne manquent pas. « Woodstock » fut le plus étonnant, mais « Elvis Show » est peut-être celui qui donne le mieux l'idée de tout ce qu'il faut mettre en œuvre pour réussir un spectacle de ce genre.

A commencer par le travail de la vedette elle-même qui, contrairement à ce que croient encore tant de gens, est très loin d'être une aimable promenade de santé.

Et ce travail d'Elvis Presley avec ses musiciens est d'autant plus significatif qu'il s'agit d'un artiste depuis longtemps déjà sur le devant de la scène. S'il s'y maintient ainsi c'est grâce à son talent sans doute, mais aussi à des recherches constantes dont le film de Denis Sanders nous permet de mesurer la valeur.

Extravagant et dérisoire

On nous fait les témoins de tout, y compris de la mise en marche de l'énorme machine publicitaire, de l'invraisemblable dépense d'énergie, d'argent et parfois d'imagination pour exploiter cette seule richesse : la voix d'un homme. C'est à la fois extravagant et dérisoire. Tout à fait l'image de Las Vegas où justement Elvis se produit dans

ce film : du clinquant, du tape à l'œil, mais aussi une exigence constante pour la qualité du spectacle et les performances des vedettes.

Pour toutes ces raisons « Elvis Show » est à voir, non seulement par les fans d'Elvis, mais encore par tous ceux qui savent que le cinéma est le meilleur moyen de démonter et d'expliquer le mécanisme des autres spectacles. Surtout quand il est servi avec talent. Ce qui est le cas ici.

---

150 millions pour Presley

Elvis Presley a demandé 150 millions anciens et les a obtenus : pour ce « cachet », il se produira deux fois, le soir du 27 mai prochain, sur la pelouse du stade de Colombes, Yvan Helman (bras droit de Charles Aznavour) et son associé Jean-Claude Berçot ont signé le contrat sans sourciller : Elvis Presley, à l'exception de concerts pour les G.I.'s, lorsqu'il faisait son service militaire en Allemagne, ne s'est jamais produit en Europe. Le roi du rock, idole numéro un de Johnny Hallyday, coûtera cher, mais il ne viendra pas seul : vingt-six personnes l'accompagneront, dont ses musiciens, ses choristes, ses secrétaires... et son masseur. Toute l'équipe prendra le bateau, Presley ayant la phobie de l'avion.

Petit Journal Montparnasse

DE RETOUR POUR UNE NUIT
AU ZÉNITH LE 5 JUIN

ELVIS THE CONCERT

LIVE SUR ÉCRAN GÉANT, ACCOMPAGNÉ PAR SES MUSICIENS ET CHORISTES D'ORIGINE

M6.fr
Loc : Ticketnet : 0 892 69 70 73 (0.34 €/mn) - Fnac - Virgin - Carrefour

NOSTALGIE

Clio Fidji 4x15watts.
Partez en voyage avec un morceau choisi.

Clio. Mais que reste-t-il aux grandes ?

RENAULT

ELVIS PRESLEY

60e ANNIVERSAIRE

A l'occasion du 60e Anniversaire
SES 28 PLUS GRANDS TITRES
RÉUNIS POUR LA 1ère FOIS SUR UN SEUL CD

ELVIS
THE ESSENTIAL COLLECTION

ACTIONS PUBLICITAIRES : 5 millions de francs

PUB TV
TF1 3 millions de francs du 25 janvier au 5 février

PUB RADIO
Chérie FM 1 million de francs du 25 janvier au 5 février

PUB PRESSE
1 million de francs

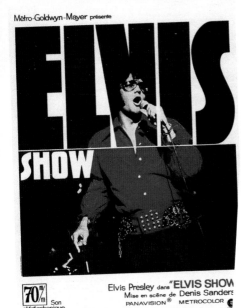

ELVIS SHOW

Métro-Goldwyn-Mayer présente

Elvis Presley dans "ELVIS SHOW"
Mise en scène de Denis Sanders
PANAVISION® METROCOLOR

70 m/m Son stéréophonique

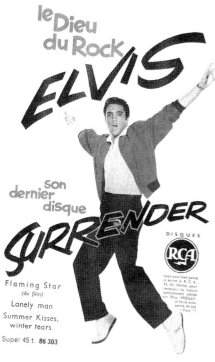

le Dieu du Rock **ELVIS**

son dernier disque **SURRENDER**

DISQUES RCA

Flaming Star (du film)
Lonely man
Summer Kisses, winter tears

Super 45 t. 86 303

ELVIS My Happiness

Ses **100** MEILLEURS TITRES EN 50 45 TOURS

SELF SERVICE **ELVIS**

RCA

en version française
ELDORADO · VEDETTES
LYNX · MISTRAL

ELVIS PRESLEY

LE SHERIF DE CES DAMES
(FOLLOW THAT DREAM)

PANAVISION · TECHNICOLOR · UNITED ARTISTS

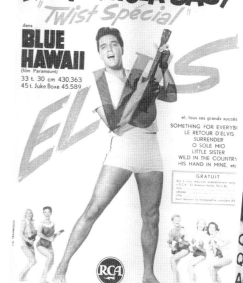

ROCK A HULA BABY
"Twist Spécial"
dans **BLUE HAWAII**
(film Paramount)
33 t. 30 cm 430.363
45 t. Juke Boxe 45.589

ELVIS

et, tous ses grands succès
SOMETHING FOR EVERYBO
LE RETOUR D'ELVIS
SURRENDER
O SOLE MIO
LITTLE SISTER
WILD IN THE COUNTRY
HIS HAND IN MINE, etc

GRATUIT

RCA

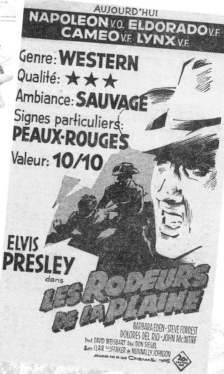

AUJOURD'HUI
NAPOLEON V.O. ELDORADO V.F.
CAMEO V.F. LYNX V.F.

Genre: **WESTERN**
Qualité: ★★★
Ambiance: **SAUVAGE**
Signes particuliers: **PEAUX-ROUGES**
Valeur: 10/10

ELVIS PRESLEY dans **LES RODEURS DE LA PLAINE**

BARBARA EDEN · STEVE FORREST
DOLORES DEL RIO · JOHN McINTIRE
Prod. DAVID WEISBART Réal. DON SIEGEL
Sc. CLAIR HUFFAKER et NUNNALLY JOHNSON
COULEURS PAR DE LUXE CINEMASCOPE

ROCKERS TOP 30

ELVIS PREND LA TÊTE AVEC
MEMPHIS TENNESSEE

Dès notre prochain numéro, un grand concours jeune :

GAGNEZ LA MOTO D'ELVIS PRESLEY

HONDA
SUPER CUB SPORT C110

ELVIS
BANDE ORIGINALE DU FILM PARAMOUNT

Girls! Girls! Girls!

RCA VICTOR

Soixante ans se sont écoulés… Le succès ne s'est jamais démenti. Et l'annonce de sa mort en août 1977 provoquera dans le monde entier un véritable choc. Depuis, ses admirateurs français lui sont restés fidèles, d'autres générations l'ont découvert, ses disques se vendent toujours par milliers et de nouveaux disques d'or ou de platine sont venus allonger la liste des records. Sa venue à Paris, comme le montre un article de *France-Soir* paru des décennies plus tard, fait partie aujourd'hui de la légende : "Notre image du passé, Presley incognito à Paris…". Elle a toujours gardé une place privilégiée dans le cœur des fans parisiens et des Français en général. Des instants précieux qui leur ont été offerts et qui n'ont pas de prix. Des instantanés qui leur appartiennent désormais pour l'éternité.

Elvis a chanté deux fois à Paris. À Paris dans le Tennessee et à Paris au Texas, mais jamais à Paris en France. Pourtant, ce ne sont pas les offres qui ont manqué, de Bruno Coquatrix à Yvan Helman, l'assistant de Charles Aznavour. Des dates ont même été annoncées. Le miracle n'a jamais eu lieu. Elvis ne se sera jamais produit ailleurs qu'aux États-Unis, hormis au Canada. S'ils en gardent parfois une certaine mélancolie, les fans cependant ne lui en ont jamais voulu. Regroupés, pour la plupart, au sein de l'Association Elvis My Happiness, qui lui consacre une revue, ils ne manquent jamais une occasion de lui rendre hommage à travers diverses manifestations. Ils se rendent régulièrement à Memphis sur ses pas. En plein cœur de Paris, une boutique lui est totalement dédiée. Paris ne l'a jamais oublié non plus.

Sixty years have passed… His success has never been denied. And the announcement of his death in August 1977 caused a real shock worldwide. Since then, his French fans have remained loyal to him, other generations have discovered him, his records are still selling in the thousands and new gold and platinum records have been added to the already long list of awards. His visit to Paris, as shown in an article in *France-Soir* published decades later: "Our image of the past, Presley incognito in Paris…" is now part of the legend. It has always kept a privileged place in the hearts of Parisian fans and the French as a whole. Precious moments that have been offered to them and that are priceless. Snapshots that now belong to them for all eternity.

Elvis sang twice in Paris. In Paris, Tennessee and Paris, Texas, but never in Paris, France. However, it was not for lack of offers, from Bruno Coquatrix to Yvan Helman, Charles Aznavour's assistant. Dates had even been announced. The miracle never happened. Elvis will never have performed outside the United States, except for Canada. If they sometimes feel a certain sadness, the fans however never blamed him. Most of them are members of the Elvis My Happiness Association, which devotes a magazine to him, and they never miss an opportunity to pay tribute to him through various events. They regularly travel to Memphis in his footsteps. In the heart of Paris, a shop is totally dedicated to him. Paris never forgot him either.

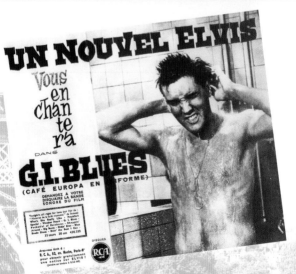

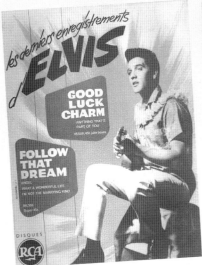

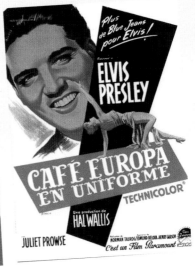

La Boutique Elvis My Happiness / Elvis My Happiness Shop

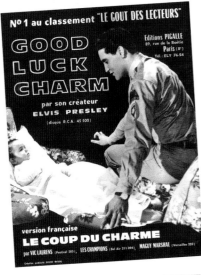

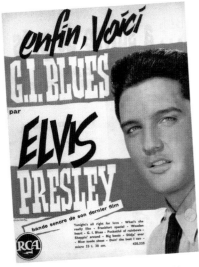

L'AUTEUR

Jean-Marie Pouzenc est né à Paris en novembre 1943. Dès 1956, fou de rock-and-roll, il découvre Elvis Presley. Sa passion deviendra définitive en décembre 1957 lorsqu'il assistera à la projection du film *Loving You* sur les Champs-Élysées. En juin 1959 à Paris, il n'apercevra que de loin la voiture du King s'éloigner. Sa passion ne faiblira jamais. Il s'essayera même un temps, comme toute une génération, à chanter celui qui a changé sa vie. Il sera toujours actif lorsqu'il s'agira de défendre l'œuvre et la mémoire d'Elvis. Il en découlera l'écriture de plusieurs ouvrages de référence : *La Discographie Française* (Elvis My Happiness) ; aux Éditions Didier Carpentier, *50 ans avec Elvis, Elvis, un homme toute la musique*, en 2 volumes ; le roman *Le jour où Elvis a chanté à Paris*.

Depuis de nombreuses années, il est le président d'Elvis My Happiness, la plus grande association française sur Elvis Presley, la seule à publier une revue et à avoir fait venir en France les musiciens et choristes du King. Le gamin de Paris gardera pour toujours Elvis au cœur.

THE AUTHOR

Jean-Marie Pouzenc was born in Paris in November 1943. In 1956, crazy about rock and roll, he discovered Elvis Presley. His passion became definitive in December 1957 when he attended the screening of the movie *Loving You* on the Champs-Élysées. In June 1959 in Paris, all he sees is the King's car driving away. His passion will never wane. He even tried for a while, like a whole generation, to sing the one who changed his life. He will always be active when it comes to defending Elvis' work and memory. This will lead to the writing of several reference works: *La Discographie Française (Elvis My Happiness)* and through the Editions Didier Carpentier: *50 ans avec Elvis, Elvis, un homme toute la musique*, in 2 volumes and the novel *Le jour où Elvis a chanté à Paris*.

For many years, he has been the president of Elvis My Happiness, the largest French association about Elvis Presley, the only one to publish a magazine and to have brought the King's musicians and backing singers to France. The kid from Paris will keep Elvis in his heart forever.

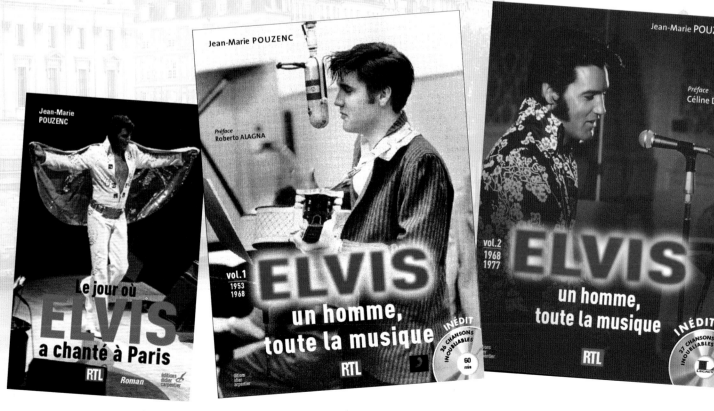

TABLE DES MATIÈRES
TABLE OF CONTENTS

CRÉDITS PHOTOS

Jean-Claude Fourdachon.
Jan Fridlund.
Serge Hambourg.
Roger-Viollet, © collection Viollet
Marcel Thomas, collection Gérard Gagnepain.
Louis Skorecki.
Roland Chardon.
Yves Plantureux.
Daniel Camus, André Lefebvre, D. Merlin, collection *Paris Match*.

L'éditeur a fait tous les efforts possibles pour retrouver la trace des propriétaires des photographies et illustrations et pour obtenir leur permission pour la reproduction. Dans le cas où nous aurions par erreur oublié de citer des propriétaires de droits, nous nous en excusons et inclurons les corrections dans les prochaines éditions.

BIBLIOGRAPHIE

Me'n Elvis, Charlie Hodge with Charles Goodman
Good Rockin' Tonight, Joe Esposito and Elena Oumano
Archives J-M. Pouzenc et Elvis My Happiness.

RÉALISATION

Création : Fabien Sarfati.
Conception & maquette : Tony Vaillant - C'Graphic.
Tous droits réservés. Aucun extrait du présent ouvrage ne peut être reproduit par quelque précédé que ce soit, ni transmis sous aucune forme ou moyen électronique, ni par photocopie, enregistrement ou autre, sans l'accord écrit préalable de l'éditeur.
© Les Éditions Elle Aime L'air (L.M.L.R.)
27, rue de l'Armorique – 75015 Paris.
www.culturefactory.fr

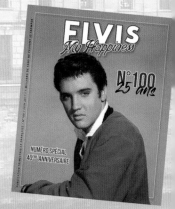

ELVIS MY HAPPINESS

La Revue : B.P. 40568 – 78321 LE MESNIL SAINT-DENIS CEDEX
Tel. : 01 34 61 24 06 – Mail : elvismh@aol.com - www.elvismyhappiness.com

La Boutique officielle : 27, rue de l'Armorique – 75015 PARIS – Tél. : 01 42 25 43 43
www.culturefactory.fr

REMERCIEMENTS

Tous nos sincères remerciements vont aux témoins privilégiés de ces visites. À Madame Line Renaud qui occupe aujourd'hui une place à part dans le cœur des Français. Cette grande dame, après une carrière éblouissante de chanteuse et de meneuse de revues, notamment à Las Vegas, est devenue une comédienne de très grand talent aussi bien au théâtre, au cinéma qu'à la télévision. D'une générosité reconnue de tous, elle se consacre tout entière, entre autres, à la lutte contre le sida.

À Madame Nancy Holloway, qui a choisi notre pays et qui, après avoir obtenu un vif succès dans les années 60, a poursuivi sa carrière de chanteuse entre jazz, gospel et R'n'R.

À Monsieur André Pousse qui, après avoir été un champion cycliste de premier plan est devenu un comédien rare, particulièrement au service de Michel Audiard. Il nous a hélas quitté, le 9 septembre 2005, à Gassin dans le Var.

À Madame Arlette Gordon, qui est devenue l'assistante de Claude Lelouch depuis de nombreuses années.

Tous nos remerciements vont également à :
Colette Guerineau pour les photos des archives de *Paris Match*.
Gérard Gagnepain pour les merveilleuses photos de Marcel Thomas.
Roger Ersson, président du fan club suédois, pour les photos étonnantes de Jan Fridlund.
À tous les photographes amateurs et fans, pour ces nombreux instantanés qui nous font revivre avec émotion des instants chargés de tant de souvenirs.

Et puis aussi à : Dietmar Biemel, Hocine Brabez, Bernard Etienne du Lido, Jean-Marc & Kevin Folliet, Guy Karst, Eric Mareska, Nguyen Ky Minh, Yves Plantureux, Anne-Sophie Sallabert du Fouquet's, Hervé Saouzanet, Louis Skorecki, Cendrine Varet, Serge Vely du Moulin Rouge.
Et plus particulièrement à Eric Didi pour son aide si précieuse.

Et à l'Association Elvis My Happiness.

Mastering CD & vinyle : Jean-Yves Legrand (Studios Coppelia).

ACKNOWLEDGEMENTS

Our sincere thanks to the privileged witnesses of these visits: To Madame Line Renaud, who now occupies a special place in the hearts of the French people. This great lady, after a dazzling career as a singer and magazine leader, particularly in Las Vegas, has become an actress of great talent in the theatre, cinema and television. With a generosity recognized by all, she devotes herself entirely to the fight against AIDS, among other things.

To Mrs Nancy Holloway, who chose our country and who, after having achieved great success in the 1960s, continued her singing career between jazz, gospel and R'n'R.

To Mr André Pousse who, after having been a first-rate cycling champion, has become a rare actor, particularly in the service of Michel Audiard. Unfortunately, he left us on September 9, 2005 at Gassin.

To Mrs. Arlette Gordon, who has been Claude Lelouch's assistant for many years.

Many thanks also to :

Colette Guerineau for the photos of the Paris Match archives.
Gérard Gagnepain for the wonderful photos by Marcel Thomas.
Roger Ersson, president of the Swedish fan club, for the amazing photos by Jan Fridlund.
To all amateur photographers and fans, for all these snapshots that make us relive with emotion these moments full of so many memories.

And then also to Dietmar Biemel, Hocine Brabez, Bernard Etienne of the Lido, Jean-Marc & Kevin Folliet, Guy Karst, Eric Mareska, Nguyen Ky Minh, Yves Plantureux, Anne-Sophie Sallabert of the Fouquet's, Hervé Saouzanet, Louis Skorecki, Serge Vely of the Moulin Rouge.
And especially to Eric Didi for his invaluable help.

And to the Elvis My Happiness Association.

CD & vinyl mastering: Jean-Yves Legrand (Studios Coppelia).

SNCF